あの愚か者にも脚光を！
7
竜に愛されし愚者
この素晴らしい世界に祝福を！

あの愚か者にも脚光を！7 竜に愛されし愚者

この素晴らしい世界に祝福を！エクストラ

CONTENTS

口絵・本文イラスト／憂姫はぐれ
口絵・本文デザイン／百足屋ユウコ＋モンマ蚕（ムシカゴグラフィクス）
P6ピンナップ初出：「この素晴らしい世界に祝福を！ 公式メモリアルファンブック
汝、女神も認めるこの一冊を求めなさい！」

この素晴らしい世界に祝福を！エクストラ

あの愚か者にも脚光を！7

竜に愛されし愚者

原作：暁 なつめ
著：昼熊

角川スニーカー文庫
22146

Character
リーン
職業 ウィザード
ダストのパーティーメンバー。
問題事を起こすダストの保護
者扱いされている節がある。
ダスト
職業 戦士
アクセルの街では、名の知れ
た冒険者らしい。妙な噂もあ
るが、真相を知る者はいない。
ゆんゆん
職業 アークウィザード
魔法使いとしての腕は確かな
のだが、基本は単独行動で
ある。
ロリ
サキュバス
職業 店員
冒険者の男達に極上の夢を提
供するサキュバスの店の店員。
流されやすい性格をしている。
アクア
職業
アークプリースト
ダクネス
職業
クルセイダー
めぐみん
職業
アークウィザード

プロローグ

「うまくいかないもんだな」

ジャイアントトードの死体を前にして、大きく息を吐《つ》く。

全身が唾液《だえき》で濡《ぬ》れていて、体がかなり重い。

「こんなはずじゃなかったんだが」

俺はあの国を追い出された足で、隣国《りんごく》のアクセルという街にやってきた。

ここは初心者冒険者《ぼうけんしゃ》の街と呼ばれているので、冒険者として一からやり直すには相応《ふさわ》しい場所だったからだ。

ドラゴンナイトから戦士に転職して槍《やり》を封印《ふういん》。リオノール姫《ひめ》から頂いた剣《けん》一本で頑張《がんば》っているのだが、どうにもしっくりこない。

「この程度なら槍だと一撃《いちげき》なんだけど」

これは強がった発言ではない。ただの客観的事実だ。

ドラゴンナイトの主な武器は槍。剣は補助装備として腰《こし》にぶら下げているだけで、本番では出番がない。故《ゆえ》に鍛錬《たんれん》は槍ばかりで、剣を振《ふ》るうことは滅多《めった》になかった。

「ここまで勝手が違《ちが》うとは想定外だ」

敵の攻撃《こうげき》を躱《かわ》すのは問題ない。だが、攻撃となると槍と剣では間合いが全然違う。それに加えて足運びも異なるので動きが若干《じゃっかん》ぎこちない。

「慣れるしかないか」

今のところは一人で活動しているが、冒険者は一般的《いっぱんてき》には誰《だれ》かと組むものらしい。

もう少し慣れたら本格的に仲間探しをしないとヤバいか。

そんな事を考えながら歩いていると、遠くの方から戦闘音《せんとうおん》が響《ひび》いてきた。

目を凝《こ》らすと少し離《はな》れた場所で、冒険者が戦っている。

盾《たて》を持った前衛一人と、弓、そして魔法使《まほうつか》いの後衛二人か。

結構苦戦しているようなので手を貸して恩を売る事に決めた。アクセルの街に来て間もない状況《じょうきょう》だから、知り合いを増やしておいて損はない。

全力で走りながら敵ではないことをアピールするために大声を張り上げる。

「困っているようだな、手を貸すぜ！」

剣を抜《ぬ》き颯爽《さっそう》と戦場へ飛び込む。

「おおっ！　助力、感謝するぞ」

「攻《せ》め手に欠けていたからな。マジで助かるぜ」

前衛と弓を持った男は感謝の言葉を口にする。もう一人の魔法使いらしい女は後ろ姿しか見えないが、軽く杖《つえ》を掲《かか》げて行動で示してくれた。

劣勢《れっせい》だった戦況だったが、前衛が一人増えたことで一気に流れがこちらに傾《かたむ》きあっさりと決着がつく。

「礼を言うぞ。見たところ冒険者のようだが、見かけない顔をしているな」

「ああ。まだこの街に来て日が浅いからな」

見るからに生真面目《きまじめ》そうな顔をした男にそう返す。

こういったタイプは騎士団《きしだん》に多かったので話しやすい。

「はあー、やっぱ前衛はテイラー一人じゃ辛《つら》いんじゃねえか」

肩《かた》をすくめている前髪《まえがみ》の長い男の言動は軽薄《けいはく》そうに見える。今の俺が目指すチンピラ冒険者像に近い。

「お疲《つか》れー。なんとかなったわね。あんたもありがとう」

ずっと背を向けていた女魔法使いが振《ふ》り返り、俺に笑顔《えがお》を向けた。

「えっ？」

その顔を見て俺は息を呑《の》んだ。

もう二度と再会する事はないと諦《あきら》めていた、あの方がそこにいたからだ。

「何よ。バカみたいな顔して。あたしの顔になんか文句でもあるの？」

しかめ面《つら》で迫《せま》ってくる。怒《おこ》った顔もあの方に瓜二《うりふた》つ。

だけど、違う。本当に似ているが、違うのが分かる。

ほんの些細《ささい》な差異に違和感《いわかん》を覚えてしまう。

ダメだ。この人の近くにいると姫を思い出してしまう。過去を振り切るって決めたのだから、これ以上関《かか》わらない方がいいに決まっている。

大きく深呼吸をして気持ちを落ち着かせる。

「いや、すまねえ。俺の名はダストって言うんだ。あんたの名前はなんて言うんだ？」

「あたし？　リーンよ。よろしくね、変わった名前の戦士さん」

屈託《くったく》なく笑い手を差し出してくる、その女性から俺は目が離せなかった。

あの方と似ているが、どこか違う彼女を見ていると思わず、

「今、ソロでやってんだが、もし良かったら、仲間に入れてくれねえか？」

そんな言葉が口からこぼれていた。

第一章　あの魔王軍が進撃を

1

ギルドで酒を飲みながら冒険者が集まるのを待っている。

俺も仲間達と一緒《いっしょ》に、いつもの定位置で大人しくしていた。

酒場や食堂に集まると、いつもならテーブルの上に山ほど空の皿が並ぶのだが、今日はサラダと酒が置いてあるだけだ。

大食い自慢《じまん》のフェイトフォーは腹一杯《はらいっぱい》で眠《ねむ》くなったらしく、宿の部屋で昼寝《ひるね》中。

「さっきの話は本当なのだろうか」

テイラーがしかめ面で腕《うで》を組み、何やら唸《うな》っている。

「嘘《うそ》や冗談《じょうだん》であんな事は言わねえだろうよ」

キースは酒をかっくらいながら、投げやりに答えた。

「噂《うわさ》には聞いていたけど、まさか本当だったなんて。はあー」

うちのパーティーの紅一点、リーンが頬杖《ほおづえ》を突《つ》いて小さくため息を吐く。

仲間や冒険者ギルドの中にいる連中が珍《めずら》しく静かなのにはわけがある。

その理由は少し前に明かされた、ギルド受付嬢《うけつけじょう》のルナによる発言だ。

今は緊急《きんきゅう》招集で呼び出された冒険者待ちで、そこで正式に発表するらしい。


酒を飲みながらぼーっとしていると、続々と冒険者がギルドにやって来た。

その中にカズマ一行の姿があった。

あれ？　パーティー全員が揃《そろ》ってねえな。一番賑《にぎ》やかな青髪のプリースト——アクアの姉ちゃんがいねえぞ。珍しい事もあるもんだ。

受付嬢のルナを含《ふく》めたギルド職員はカズマ達の到着《とうちゃく》を待っていたようで、正式に冒険者を集めた理由を話し始めた。

「さて、冒険者の皆様《みなさま》に集まって頂いたのは他《ほか》でもありません。この街に、魔王の軍勢が襲撃《しゅうげき》に来るとの噂についてです」

その発言を聞いて沈黙《ちんもく》するか、ざわつくか、二通りの反応に分かれている。

魔法使いの女が王都の騎士団に救援《きゅうえん》を求めてはどうか、と意見を口にしたが、ルナは王都にも魔王軍主力による進軍が計画されているらしいので、救援は期待出来ない、といった内容を伝えた。

そういや、リオノール姫もそんな事を言っていたような。

慌《あわ》ただしい日々が強烈《きょうれつ》すぎて、すっかり忘れていた。

「これって、結構ヤバくない？」

リーンが声を潜《ひそ》めてぼそっと呟《つぶや》く。

キースもテイラーも同意見らしく静かに頷《うなず》いた。

「ルナも言っていたが、この街は駆《か》け出し冒険者の街だ。初心者ばかりで、中堅《ちゅうけん》や優秀《ゆうしゅう》な冒険者はほとんどいない。他の街の腕利《うでき》き冒険者達は王都へ集まっているそうじゃないか。そこに魔王軍の襲撃となると、かなりきついと言わざるを得ない」

「王都からも他の街からも援軍は期待出来ねえってか」

と絶望的な事を口にしながらも仲間の声に暗さはない。

表情も絶望にはほど遠い。

「えっと、もう少し危機感を持った方がいいんじゃないですか？」

いつの間にか、俺達がいる席の隅《すみ》っこに陣取《じんど》っていた、ゆんゆんがおずおずと意見を口にした。

ゆんゆんは人慣れしていないから、こんなに人が居ると俺達の側《そば》ぐらいしか居場所がないんだろうな。

「前にデストロイヤーが襲撃した事もあったんだぞ。それに比べりゃマシだ」

一人で深刻な雰囲気《ふんいき》を醸《かも》し出している、ゆんゆんに対して軽く手を振る。

「それとこれとは話が別では!? なんで、そんなに呑気《のんき》なんですか！ 魔王軍が襲撃するかもしれないんですよ！ アクセルの街は初心者冒険者しかいないのに」

年の割りに育ちすぎた胸を揺《ゆ》らして何を怒ってんだ。

「あれよ、予《あらかじ》め落とし穴掘《ほ》るっていうのはどう!?」

魔法使いの女が唐突《とうとつ》に叫《さけ》んだかと思ったら、魔王軍の撃退方法について案を出しているようだ。

他の連中も悲観的な態度ではなく、前向きな意見が飛び交《か》っている。

それを眺《なが》めていた仲間達も便乗して、作戦を話し始めた。

「住民に武器を配って自警団をやってもらうのはどうだろうか？」

テイラーが腕組《うでぐ》みをしながら唸るように口にする。

住民に武器か。一癖《ひとくせ》も二癖もある連中がうじゃうじゃいるからな、元冒険者も多いし案外いいかもしんねえな。

「冒険者じゃなくても戦えるヤツいるだろ。あっ、いいこと思いついたぞ！　魔王軍も嫌《いや》がるアクシズ教徒を盾に貼《は》り付けて前線に投入しようぜ！」

「おっ、それは妙案《みょうあん》だな！　きっとヤツらも近づけねえぞ」

頭の冴《さ》えたキースの発言に、指を鳴らして完全同意する。

「あ、あんたら。良心ってもんはないの？」

「いくらなんでも、あんまりです」

リーンとゆんゆんが汚物《おぶつ》を見るような目を向けてきやがった。

「なんで引いてんだよ。日頃迷惑《ひごろめいわく》しか掛《か》けてねえ連中だ。こういう時ぐらい役に立って貰《もら》おうぜ。信者を増やすチャンスとか言ってそそのかしたら、絶対に乗ってくるぞ」

今まで散々、アクシズ教徒には酷《ひど》い目に遭《あ》わされてきた。

特にあの温泉街アルカンレティアは酷かった。正直、思い出したくもねえ。

「善は急げだ。カズマに手伝ってもらえば簡単に……そういや、アクアの姉ちゃんいねえんだな」

こういう騒《さわ》ぎには真っ先に首を突っ込みそうなのに。その事も話のついでにカズマに訊《き》いてみっか。

　立ち上がろうとしたところで、カズマに歩み寄る人影《ひとかげ》があった。

　女の取り巻きを二人連れた、いけ好かない顔をしたイケメンだった。

「どっかで見たことあるな、アイツ」

「あんた、また忘れたの。魔剣《まけん》使いとして有名なミ、ミ……名前なんだっけ？」

　俺を小馬鹿《こばか》にしたリーンも名前が思い出せないようで、額に指を当てて唸っている。

「佐藤《さとう》。……佐藤和真《かずま》。アクア様の姿が見えないがどうした？」

　イケメンが俺の訊きたいことを言ってくれたので、様子を見守る事にする。

「……？　……なんだ、ヤマザキか」

　あー、そうか。アイツはヤマザキだったような気がする。

「ミツルギだ！　いい加減にボクの名前を覚えてくれ、もう擦《かす》りもしてないじゃないか！　な、なあ、いつものそれは、本当はワザとやっているんだろう？　……ま、まあいい。そんな事よりアクア様はどうしたんだ？　今日は一緒じゃないのか？」

　なんだ、ミツルギかよ。まあ、野郎《やろう》の名前なんてどうでもいいや。

　しかし、なんでこいつ、アクアの姉ちゃんを「様」付けで呼んでんだ？

　えっ、まさかアクシズ教徒なのか!?　うわー、関わらねえようにしよう。

「アクアなら書き置きを残して家出しちゃったよ」

マジか。姿が見えないと思ったら家出かよ。家出ねえ……。どうせ、ワガママ言いたい放題でカズマに怒られて、泣きながら逃《に》げ出したってオチだろ。

「アクアがどこほっつき歩いているのかは俺だって知りたいよ。アイツ、魔王退治に行くって書き置きを残して、夜中の内に出てっちゃったみたいでさ。深夜便の最終馬車を使っていれば、今頃《いまごろ》はアルカンレティアだろうな。魔王の幹部が減ったから、今なら魔王城の結界を破れそうなんだとさ」

「魔王退治!?」

魔王退治!?

驚《おどろ》いて叫ぶミツルギと、心の声が被《かぶ》さった。

マジか、マジで言ってんのか？

アクシズ教徒のアークプリーストなんてやっているから、頭のおかしい言動もあんまり気にならなかったが、魔王退治なんて……そこまで脳が悪化していたのか。かわいそうに。

驚いたのは俺だけじゃなかったようで、響《ひび》き渡《わた》るミツルギの大声を聞いてギルド内が静かになった。

ギルドに居る冒険者《ぼうけんしゃ》達の顔に浮《う》かぶのは困惑《こんわく》と驚愕《きょうがく》。

　カズマとミツルギがまだ何か言っているが、冒険者達や俺と仲間達はそれどころじゃない。

「アクアの姉ちゃんが一人旅だ？　無理無理、出来るわけねえだろ」

「ダストの言うとおりだぜ。無謀《むぼう》すぎるっての。常識知らずにも程《ほど》があるのに、保護者のカズマ無しで生活出来んのか？」

「こう言ってはなんだが、正直不安しかない」

「だよね。宴会芸《えんかいげい》で盛り上がっているイメージしかないし」

　仲間内での評価は散々だが、完全同意だ。

「で、でも、アクアさんはプリーストとしては腕が立ちますし。一人でも意外となんとかなるかもしれませんよ？」

　この状況《じょうきょう》で一人かばう発言をするゆんゆん。

　ゆんゆんもカズマ達との付き合いがあるはずなんだが、未《いま》だに把握《はあく》してないのか。

「じゃあ、アクアの姉ちゃんが今までに一人で成し遂《と》げたことを言ってみろよ」

「あの、えっと……宴会芸？」

　それしか思い浮《う》かばなかったようで、恥《は》ずかしそうに呟く。

　周りの冒険者達も同じ意見のようで、似たようなことを口にしている。

言葉の内容はきついがバカにしているというよりも、アクアの姉ちゃんを心底心配しているようだ。

「アクアさんって実は慕《した》われているわよね」

「宴会には欠かせねえ盛り上げ役だしな。あと、なんかほっとけねえ雰囲気あるんだよ」

リーンと顔を見合わせて苦笑《くしょう》する。

このアクセルの街で本気で嫌《きら》っている連中はいないんだろうな。

……いや、待てよ。バニルの旦那《だんな》だけは別かもしれねえ。

「落ち着いて！　皆《みな》さん、落ち着いてください！　……この中で、今日、アクアさんを見かけた人はいませんか？」

ざわつく俺達を一瞬《いっしゅん》で静かにさせる、ルナの大声。

仲間に視線を向けるが、全員が肩《かた》をすくめて首を横に振る。周りを見渡《みわた》してみたが……全滅《ぜんめつ》か。誰《だれ》にも見つからずにアクセルの街を出て行ったみたいだ。

それを聞いたミツルギがアクアの姉ちゃんの後を追おうとして、今にもギルドから飛び出していきそうな勢いだ。

「こ、困りますよ！　ミツルギさんのような高レベル冒険者には、王都かこの街の防衛をお願いしたいのですが……！　アクアさんの捜索願《そうさくねが》いについては、各街のギルドへ至急伝達しますから……！」

「おい、行かせてやれ！」

必死になって止めようとするルナを見ていたら、思わず声を荒《あら》らげていた。

全員が俺に注目しているようなので、いい感じに酔《よ》っ払《ぱら》ってきた勢いで机の上に足を投げ出し、偉《えら》そうにふんぞり返る。

情けねえ事を口にしやがって。俺達がそんなに頼《たよ》りないかよ。

「この街の防衛ぐらい、ここに居る連中だけでどうにでも出来んだよ。おい姉ちゃん！　お前が知らないだけでなぁ、ここには高レベル冒険者がたくさん居るんだからな。女を二人も連れたハーレム野郎なんかに頼らず、俺達に頼れや！」

どうだ、この格好《かっこい》良い決め台詞《ぜりふ》は！

他《ほか》の連中も俺の啖呵《たんか》に惚《ほ》れたんじゃねえか？

反応が気になったのでちらっと仲間や周囲を確認《かくにん》すると、仲間は半眼で胡散臭《うさんくさ》そうにこっちを見ていた。

ゆんゆんは俺の発言に驚いたようだが、どうしていいかわからずに戸惑《とまど》っているようだ。

さっきから視界の隅でうろちょろしている。

「いえ、そうは言いましても……！　この中に、レベル二十以上の冒険者の方はどれだけ居ますか？　レベル十以上から二十未満の方が殆《ほとん》どだと思います。冒険者の基本としまして、レベル二十を超《こ》えると、この街を出てもっと実入りの良いモンスターが棲息《せいそく》する地域へ拠点《きょてん》を移すのが慣習となっています。ですのでこの街には、レベル二十以上の方が数人居れば良い方でしょう……」

ルナは困り顔でそんなことを言っているが……。ギルド職員のくせに把握してないのかよ。

俺の心のぼやきに呼応するかのように、冒険者が一人立ち上がった。

「俺、レベル三十二だけど」

「……えっ？」

予想外の言葉に、ルナが呆気《あっけ》にとられ間の抜けた声を上げた。

シーンと静まりかえっている場で、もう一人男が立ち上がる。

「あの……。俺、レベル三十八です……」

「えっ」

その二人に続くように冒険者達が立ち上がると、次々に自分達のレベルを告白し始めた。

ほとんどがレベル三十以上で四十超えもいるようだ。

冒険者達の自称《じしょう》するレベルが信じられないのか、疑いの表情が消えぬままルナが全員のカードを見て回っている。

その顔が疑いから驚愕へと変化するのは時間の問題だった。

「……な、なぜ皆さん、これだけレベルが上がっているのに、この街に居たんですか⁉︎　この街周辺のモンスターなんて、レベル上げの効率も悪いでしょうに……？」

ルナが驚き疑問に思うのも無理はない。

だけど、この場に居る男の冒険者の大半が理由を知っている。この街を離れない……いや、離れられない理由を。

問いかけに対して、そいつは恥《は》ずかしそうに頭をかきながら、キリッとした表情でこんな事を言いやがった。

「そんなの、この街が好きだからに決まってるさ」

嘘吐《うそつ》け。

ルナは感動して涙目《なみだめ》だけど、俺は騙《だま》されねえぞ。

レベルを口にした野郎共は全員サキュバスの店の常連だろ！　何度店で顔を合わせたと思ってんだ！

高レベルの連中は全員男なのが証拠《しょうこ》だよな。本当の事を暴露《ばくろ》したくなったが、そうなると俺も追及されかねないので……黙《だま》っとこう。

2

活気を取り戻《もど》したギルド内でルナが人一倍張り切っている。

中堅《ちゅうけん》以上の冒険者の存在に活路を見出《みいだ》したようだ。今から班分けをするらしく、既《すで》にパーティーを組んでいる者は集まり、人数が足りないパーティーは知り合いを誘《さそ》うなりして、全員の班分けが終わ……ってねえな。

たった一人、寂《さみ》しそうに立ち尽《つ》くしているヤツがいる。

言わずと知れたボッチの化身《けしん》、ゆんゆんだ。

所在なさそうにしているが、何かを期待して俺達の近くには立っている。パーティーメンバーかどうか微妙《びみょう》な距離感《きょりかん》で。

仲間が目配せして「誘ってやれ」と語っていたので、仕方なしに声を掛《か》ける。

「おい、何やってんだよ。ここはお前のいるところじゃねーから」

それを聞いたゆんゆんの顔が絶望に染まり泣きそうなっている。仲間達が目を見開いて俺を凝視《ぎょうし》して小声で「バカ！」と非難してくる。

俺の投げ掛けた言葉が予想外だったようだ。

「あ、あの……ごめんなさい………」

何度も頭を下げて謝り、立ち去ろうとするゆんゆんの腕《うで》を摑《つか》んで引き留める。

驚いた顔のゆんゆんの手を引いて、カズマの下《もと》へと連れて行く。

状況を理解していないらしく、ゆんゆんが呆《ほう》けた顔でこっちを見ている。

「お前は多分この街で、一、二を争うぐらいの実力者だろ。そこのいけ好かない魔剣《まけん》の兄ちゃんと、本物の紅魔族《こうまぞく》であるお前が手を組めば、案外魔王相手にも良い勝負が出来るんじゃねーのか？　おめー、ちょっとクソ迷惑《めいわく》な魔王のところまで行ってきて、俺達の代わりに一発キツいのかましてこい」

「おい、ゆんゆんが本物の紅魔族なら私は何魔族なのかを言ってもらおうか」

胸も背もちっこいのがなんか言っているが無視だ、無視。

「こいつらだけじゃどうにも心配だ。アクアの姉ちゃんを連れて帰ってくるだけならいいが、どうせこいつらの事だ。また、ろくでもない事に巻き込まれるかもしれないしな。なんちゃってアークウィザードじゃない、本物のアークウィザードのお前が付いて行ってやれ。……なに、お前はテレポートが使えるだろ？　いざって時はこいつら置いて、一人だけでも帰って来ればいい」

そう言って笑いかけると、なぜかゆんゆんが潤《うる》んだ瞳《ひとみ》で見つめてくる。

珍《めずら》しく褒《ほ》めたから喜んでんのか？

「おい、なんちゃってアークウィザードが誰の事を指しているのか教えてもらおう！」

そんな俺達の間に割って入って、胸《むな》ぐらを摑んできたのはめぐみん。

本当の事を言ったらキレやがったぞ、こいつ！

「ちっちぇえ癖《くせ》になんでそんなに怪力《かいりき》なんだよ！　おいっ、揺《ゆ》さぶんな！　てめえの頭に吐《は》くぞおらっ！」

酔《よ》っている状態でそんなに揺らすな。生暖かい酒が喉元《のどもと》に逆流してるからやめろ！

必死になってめぐみんに抵抗《ていこう》していると、視界の隅《すみ》でゆんゆんが恥ずかしそうに口を開くのが見えた。

「わかりました。私、アクアさんの手助けに行って来ます！　と、友達……を、助けるのは当たり前ですし……」

おっ、自分で決断したのか。

ゆんゆんの浮かべる笑《え》みを見て少し嬉《うれ》しくなる。あの引っ込み思案《じあん》のコイツにしちゃ、頑張《がんば》ったじゃねえか。

ただ、こっちはそれどころじゃねえんだよ!

「紅魔族は売られた喧嘩《けんか》は買う種族です。その喧嘩、買おうじゃないか。ほら、外へ出るがいい!」

めぐみんが俺の服を掴んで外へ引っ張り出そうとする。

なんとか抵抗して、めぐみんから逃《のが》れると話が進んでいた。

何があったのかは聞きそびれたが、魔剣の兄ちゃんが落ち込んで取り巻きの二人が慰《なぐさ》めている。

よく分からんが、なんかすっとした。

「ダストくーん! ダストくーん!! イケメン様の勧誘《かんゆう》が失敗したよ! ナンパするみたいに手を差し伸《の》べたけど、イケメン様だって振られるんだよ!」

マジか。面白《おもしろ》い展開じゃねえか!

「ぶひゃひゃひゃ、ざまあー! ボッチで有名なコイツでも、友達ぐらいは選ぶってよ!」

俺とカズマが煽《あお》っていると、ゆんゆんと取り巻きの二人が顔を真っ赤にして何か言っていたが、腹《はら》を抱《かか》えて笑っているから何も聞こえない。

結局、俺は取り巻きに追い払《はら》われ仲間達の居る席に戻《もど》った。

カズマ達はまだ何か話し合っているみたいだが、これ以上は口を挟《はさ》まないでおくか。

「あんたねえ。どこでも騒《さわ》ぎ起こすのやめなよ」

「あのイケメンの顔を見たか？　久々に笑えたぜ」

呆《あき》れ顔のリーンに言い放つと、苦笑《くしょう》で返してきた。

さっきまで同じテーブルにいたテイラーとキースは、他の連中と一緒《いっしょ》になって魔王軍を撃退《げきたい》する作戦について盛り上がっている。

そんな二人に聞かれないよう、リーンが俺の耳に口を近づけて囁《ささや》く。

「あんたは魔王討伐《とうばつ》に同行しないでいいの？　フェイトフォーちゃんと力を合わせて本気を出せば、あのメンツでも戦力になるでしょ」

リーンは俺のドラゴンナイトとしての実力を知っているので、そう思ったのだろう。

「まあな。でもよ、俺には表舞台《おもてぶたい》は似合わねえよ。順風満帆《じゅんぷうまんぱん》な人生を捨てて、ここにいる愚《おろ》か者だぜ。魔王討伐なんて柄《がら》じゃないっての」

それに、ここには守るべきヤツらがいるからな。


あれからまだ、冒険者《ぼうけんしゃ》達は魔王軍を撃退する作戦で盛り上がっている。

危機的状況《じょうきょう》なのに明るく前向きなコイツらは嫌《きら》いじゃない。

俺は酒を飲みながらカズマ達の話し合いを眺《なが》めていたが、魔王討伐とアクアの姉ちゃん回収はイケメンの兄ちゃん達とゆんゆんが担当して、カズマ達パーティーメンバーはアクセルの街で待つらしい。

カズマ達の、「足手まといになるだけ?」という自己評価は分からないでもない。でも、らしくねえ。

俺の親友は文句を言いながらも仲間のために踏《ふ》ん張る男だと思ったんだがな。

カズマはまだ分かるとしても、爆裂娘《ばくれつむすめ》やドMクルセイダーが追いかけないのは予想外だ。

カズマを簀巻《すま》きにしても引っ張っていく連中だろ。

「ダチも薄情《はくじょう》だよな」

「あんた、分かってないわね」

俺の呟《つぶや》きに対して、リーンが苦笑している。

「どういう意味だよ」

「あの二人の顔をよく見てみたら?」

促《うなが》されるままに改めて爆裂娘とドMの顔を見てみると、二人が何か言いたげなニヤけ面でカズマを見ていた。

3

あれから数日が経過した。

いつもはおちゃらけている冒険者連中も今回ばかりはマジなようで、各自が鍛錬《たんれん》をしたり、モンスター狩《が》りでレベル上げに励《はげ》んでいる。

別れる前にリオノール姫《ひめ》から得た情報によると、アクセルの街に送られる魔王軍は相当な規模の大群、との事だった。

初心者冒険者の街に対して、なんで魔王軍がそんなやる気を出しているのか。理由はいくつかある。

まず、初心者冒険者の街がなければ、そもそも冒険者が育たない。特に勇者と呼ばれるチート能力を与《あた》えられた連中は、この街から旅立つパターンが多い。

なら、この街をなくせば勇者がそもそも育たない、という発想なんだろうな。

あとはカズマの活躍《かつやく》が大きい。

魔王軍幹部を何体も倒《たお》し、あのデストロイヤーも撃退した功績。そりゃ魔王軍も警戒《けいかい》する。

「となると、俺もマジモードでいくべきか」

アクセルの街から少し離《はな》れた森で、俺は自分の身長より少し短いぐらいの棒を手に入れ、一人で鍛錬を続けている。

近くの木を蹴《け》り付け、舞《ま》い落ちてくる葉を棒先で何枚も貫《つらぬ》く。

故郷を出てから剣だけを振《ふ》り続けていたが、やはりこの長さが手に馴染《なじ》む。

「だちゅとは剣よりちょっちがいい」

地面に座り込んで俺の方をじっと見つめているフェイトフォーが嬉しそうだ。

「ふっ、惚《ほ》れるなよ」

髪《かみ》を掻《か》き上げて片手で棒をぐるぐると回してみせたら、フェイトフォーがパチパチと手を叩《たた》いて喜んでいる。

調子に乗って振り回していると、突然《とつぜん》、

「何やってんのよ」

冷めた声がした。

木の裏から現れたリーンが半眼でこっちを覗《のぞ》き見ている。

「なんだ、いたのかよ」

「二人でこそこそと出かけて怪《あや》しいと思って後を付けたら、まさかこっそり修行《しゅぎょう》だとはね。

とうとうロリコンに目覚めたのかって通報しようかと思ったら……。熱でもあるんじゃないの？」

「俺はガキに興味ないっての。痛っ、こら、噛《か》むな！」

即座《そくざ》に否定すると足首にフェイトフォーが噛みつきやがった。

くそっ、腹が減ったからって俺の足を食うなよ。

「運動不足の解消に軽く汗《あせ》を流していただけだっての」

棒の先端《せんたん》を地面に突《つ》き刺《さ》し、もたれかかりながら悪態をつく。

「別に隠《かく》さなくてもいいでしょ。でも、ダストがそこまでやるなんて……実は結構ヤバいの？」

「警戒しすぎじゃねえか。レベルの高い連中もいるし、それにこの街にはバニルの旦那《だんな》やウィズもいるからな。なんとかなんだろ」

「あー、あの二人がいたわね。でもバニルさんって悪魔なんでしょ？　どっちかといえば魔王軍側じゃ？」

「あっ……そういやそうだな。ちょっくら訊《き》いてみっか」

俺が槍《やり》代わりの棒を投げ捨てると、トコトコと歩み寄ってきたフェイトフォーが背中にしがみつく。いつものように自分で、おんぶ紐《ひも》を体にくくり付けている。手慣れたもんだ。

「あれ？　いねえな」

「留守みたいね、どこに行ったのかな」

「おかちは……」

ウィズの魔道具《まどうぐ》店に来てみたら、誰《だれ》も居なかった。

バニルの旦那によって完全に餌付《えづ》けされてしまっているフェイトフォーが、指をくわえて涎《よだれ》を垂れ流している。ここに来ればお菓子《かし》が食べられると思っていたようだ。

「んー、ウィズの買い付けを旦那が見張っているのかもな。無駄《むだ》な買い物したらお仕置きするためによ。明日《あした》また来るか」

諦《あきら》めて帰ろうとしたら、店の扉《とびら》が開いた。

中から出てきたのは——妙《みょう》な鳥に見える巨大《きょだい》なぬいぐるみだった。

「あっ、なんかかわいいのが出てきたわよ」

「おいちくなちゃちょう」

二人の目には愛らしく見えたのか、リーンとフェイトフォーが騒いでいる。

「客であるか。何用だ、欲しい物を言うがいい」

滑稽《こっけい》な見た目の割りに偉そうな物言いだ。

動いて話せるってことは中に誰か入ってんのか。

「あーそういや、この店にマスコットキャラが増えたって噂《うわさ》だったな。あんたがそれか」

「それとは失敬な。粗野《そや》で無礼な人間だ。おや、そのくすんだ金髪《きんぱつ》はバニル様が仰《おつしや》っていた、貧乏人《びんぼうにん》のチンピラ冒険者ではないのか？」

「旦那に言われても腹は立たねえが、コイツに言われるとムカつくな」

ずけずけと物を言う謎《なぞ》のぬいぐるみ野郎《やろう》に腹が立ったので、数発蹴《け》りを入れる。

「無礼者！　この私を誰だと心得ている！」

「この店の店員だろうが。変なもん着込みやがって。背中のファスナー引っ張ったらいいのか。おら、出てこい」

「こらっ、脱《ぬ》がそうとするな！　やめろ、やめんかっ！　くそっ、バニル様の拠点《きよてん》で暴れるわけにもいかぬというのに。ええい、背中の少女よ、この傍若無人《ぼうじやくぶじん》な男を止めてくれ」

「だちゅと。それから変な匂《にお》いちゅる。おかちくれるのと似てる」

助けを求められたフェイトフォーは、ぬいぐるみ野郎を指さして顔をしかめている。

お菓子くれる人ってバニルの旦那だよな。それと同じ匂いって事は、もしかして？

「お前、悪魔なのか？」

「そうだ！　我が名はゼーレシルト。残虐公《ざんぎやくこう》とも呼ばれる貴族であり、悪魔だ」

ぬいぐるみ野郎が偉《えら》そうに胸を張っている。

残虐公か。騎士《きし》時代にその名は聞いたことがあった。何かと謎の多い人物との噂だったが、まさかこんなのだったとは。

「フッ、驚《おどろ》いたよう……なぜに、そんな哀《あわ》れんだような目で私を見る」

「悪魔とか貴族って変わり者が多いもんな。うん」

「ダクネスとかバニルさんからして、ああだもんね」

驚くよりも納得《なっとく》してしまった。

仮面を被《かぶ》った悪魔の経営する店があるぐらいだ。ぬいぐるみを着た悪魔の貴族がいても別にいいか。

「まあ、どうでもいいや。でよ、なんたら公。バニルの旦那達はどこにいんだ？」

「私の事を知っても変わらぬ態度だと。豪胆《ごうたん》と褒めるべきか……。お二人はカズマとかいう少年に同行して洞窟《どうくつ》へと出かけたぞ。何日か留守にすると言い残してな」

このタイミングでカズマと一緒に出かけたのか。

「カズマと何しに行ったんだ？」

「教えてやってもいいが、私は悪魔だ。それなりの条件を呑《の》んで貰《もら》おうか。そう、悪魔である私の好む――」

俺は黙《だま》ってゼーレシルトの頭を掴み、強引《ごういん》に前屈《まえかが》みにさせると背中のファスナーを少し下ろした。

「よっし、涎をこの中に垂らしてやれ」

お菓子が食べられると思って我慢《がまん》していたフェイトフォーの、限界を超《こ》えた空腹が生み出した大量の唾液《だえき》を流し込む。

「やめろっ！　ぬちゃぬちゃする……うがあああっ！　なんだ？　いっ、痛い！　この唾液ピリピリするではないかっ！」

ぬいぐるみの中に涎を入れられたゼーレシルトが、床《ゆか》でもがき苦しんでいる。

大袈裟《おおげさ》な反応だと鼻で笑おうとしたが、一つ思い当たる節があった。

ああっ、そうか。フェイトフォーは神聖属性のホワイトドラゴンだ。その涎にも神聖属性が含まれていてもおかしくない。

悪魔としてみれば、熱湯を浴びせられるより苦痛なのか。

しばらくのたうち回っていたぬいぐるみだったが、今はぷるぷる震《ふる》えながらもなんとか立っている。

「なんて人間だ。まさか、ホワイトドラゴンを使役《しえき》しているとは。分かった、話すからその少女を近づけるな。……確か、あの少年のレベル上げを手伝うとかどうとか」

そういう事か。ギルドではアクアの姉ちゃんはイケメンに任す、とか言っていたがレベルを上げてから後を追うつもりか。素直《すなお》じゃないのがカズマらしい。

バニルの旦那達もそれに協力しているなら、旦那は魔王軍に協力する気はないって事だよな。

「騒いで悪かったな。うーし、帰るぞ」

聞きたい事は聞けたので帰ろうとしたら、服をゼーレシルトに摑まれた。

「待つがよい……」

ヤベえ。バカみたいな外見に油断していたが、コイツも悪魔だ。これまでの行為《こうい》でキレやがったか。

腰《こし》の剣《けん》に手を添《そ》えてリーンをかばうように前に出ると、ゼーレシルトはすっと半身を逸《そ》らし自分の後方へ羽先を向けた。

「帰るのであれば、アレを連れて行ってくれないか」

アレとは店の隅《すみ》で膝《ひざ》を抱《かか》えて「バニル様がいない。バニル様がいない……」を繰《く》り返しているロリサキュバスの事か。

リーンは先にギルドに戻《もど》ったので、俺はロリサキュバスを小脇《こわき》に抱えながらサキュバスの店まで送ることにした。

「それでお前さんは何してたんだ」

「バニル様の匂いを嗅《か》ぎに……お店を手伝いに行ったら、しばらく帰ってこないって言われました」

こいつは毎日のように魔道具店に通ってるからな。バニルの旦那は恋愛《れんあい》事に興味ないから素っ気ない態度だが、これっぽっちもめげない点だけは感心する。

「旦那もウィズもカズマと一緒《いっしょ》に修行してるらしいぞ」

「やっぱり、魔王軍がこの街を狙《ねら》っているのは本当なんですね」

「なんで知ってんだ。住民に心配させないように口外禁止だって、ルナが口を酸《す》っぱくして言っていたはずだぞ」

まさか……魔王軍と繋《つな》がりがあるのか？

この街に馴染みすぎていて、すっかり忘れていたが、サキュバスは悪魔だ。人よりも魔王軍に肩入《かたい》れしてもなんら不思議じゃない。

「急に怖《こわ》い顔してどうしたんですか。もしかして、変な想像してます？　ち、違いますよ。『魔王軍が襲《おそ》ってきても守ってみせるからな！　だから、料金ちょい安くしてくれねえか？』って常連さんが何人も言ってましたから」

「あの、バカ野郎共が……」

サキュバス達の前で格好《かっこ》良《い》い所を見せようとした連中の発言か。

「はあああっ。どうしようもねえヤツらだな」

「その反応は本当なんですね」

「……ああ、そうだぜ。お前さんはどうすんだ？　ここで魔王軍に敵対するのはヤバいんじゃねえか？」

「んー。私達は別に魔王軍の一員じゃないですからね。サキュバスのみんなもこの街に残るって言ってました。バニル様が魔王軍に力を貸すように、と命令するなら従いますが、そんな事は言わないと思いますよ？」

頬《ほお》に指を当てて小首を傾《かし》げている。

その姿は嘘《うそ》を言っているようには見えない。

サキュバス達が残ってくれるのは正直ありがたい。中堅冒険者《ちゅうけんぼうけんしゃ》の野郎共はサキュバスの店があるから、この街に居る。

もし、サキュバスが魔王軍に味方するとなったら、あっち側に行きたがる野郎が現れかねない。

「正直なところ勝機はあるんですか？」

俺に抱えられたまま、真剣《しんけん》な眼差《まなざ》しを注いでくる。

「どう、だろうな」

俺はリオノール姫《ひめ》から事前に詳《くわ》しい情報を得ている。魔王軍は相当な数をぶつけてくるそうだ。楽観は出来ない。

「ダストさんが、そんな真面目《まじめ》な顔をするなんて。冗談《じょうだん》じゃ済まない事態みたいですね。でも」

そこで口を閉じると、上目遣《うわめづか》いでじっと俺を見つめる。

「な、なんだよ」

「でも、ダストさんが守ってくれるんですよね？」

そう言って安心した笑顔《えがお》を向けるロリサキュバス。

無言で地面に下ろして頭に手を置くと、かき回すように撫《な》でる。

「知るか。怖けりゃ、どっかにでも避難《ひなん》しておくんだな」

「とか言いながら、本当はやってくれるんでしょ。このこのぉ」

ニヤニヤと笑いながら脇腹《わきばら》を突《つつ》くな。

「けっ、勝手に言ってろ」

「はい。勝手に言ってます」

4

ロリサキュバスを店まで送り、大通りをうろちょろしていると、品出しをしている顔なじみの雑貨店のオッサンと目が合った。

「金くれよ」

「唐突《とうとつ》すぎるだろ！　もうちょい、何か言いようがねえか⁉」

わかりやすく簡潔に伝えてやったら、オッサンが怒鳴《どな》りやがった。

いつもは売れ残りをパクろうとしてたが、最終的には売り払《はら》って金に換《か》えるのだから親切に途中《とちゅう》を省略してやったのに。

「はあ、お前は相変わらずだな。今、冒険者は何かと忙《いそが》しいんじゃねえのか？」

「何の事だ？」

「魔王軍がこの街を狙ってんだろ？」

　おっと、オッサンも知ってるのかよ。口外禁止は、どこに行きやがった。

「誰《だれ》から聞いたんだよ。まさか、物騒《ぶっそう》な偽情報《にせじょうほう》を流して武器や食料の相場を操作してボロ儲《もう》けしようって魂胆《こんたん》じゃないだろうな？　……………待てよ、それってありじゃねえか？」

　自分の口からポロッと出た妙案《みょうあん》に一考の余地はありそうだ。

「濡《ぬ》れ衣《ぎぬ》を着せようとしてんじゃねえぞ。商人ってのは情報が命だ。商人ならこれぐらいの情報は誰でも耳にしてるっての」

　俺を小馬鹿《こばか》にして鼻で笑い、自慢気《じまんげ》に顎《あご》を撫でている態度に若干《じゃっかん》ムカつく。しっかし、ガバガバだな、この機密情報は。

「はあー。まあ隠《かく》しても無駄《むだ》か。そういう話らしいぞ。オッサンは店を畳《たた》んで逃《に》げ出さねえのか？」

「ふざけた事を言うんじゃねえぞ。この店を始めるのにどれだけ苦労したと思ってやがる。死んだ嫁《よめ》さんと汗水《あせみず》流して、苦労に苦労を重ねて手に入れた、俺の城だ！　客でもねえ魔王軍なんて蹴散《けち》らしてやるぜ」

　無駄に筋肉質な腕《うで》の力こぶをアピールして、豪快《ごうかい》に笑っている。

　逃げる気はさらさらないようだ。

「あのな、オッサン。下手《へた》したら死ぬ事だってあるんだぞ？」

「若造に言われなくても分かっとる。命は確かに大事だ。だけどな、命よりも大切な物って誰にでもあるだろう？」

俺の前だからと強がっているのではなく、自然体で語るオッサン。

「まあ、俺には知った事じゃねえけどな。好きにしろよ」

「おう、好きにやらせてもらう。……おい、ダスト」

「なんだよ」

「これを持っていけ」

そう言ってオッサンが投げ渡《わた》したのは一本の——槍《やり》だった。

「何考えてんだ、俺は槍なんて使わねえぞ。それに結構な業物《わざもの》じゃねえか。……くれるってんならもらってやるが、もう返さねえからな。どっかで換金《かんきん》して今晩はキレイどころと豪遊でもすっか！」

「お前にくれてやったんだ、好きにして構わねえよ」

いつもなら怒鳴り散らす場面なのに、文句の一つも言いやがらねえ。

「剣よりも、そっちの方が扱《あつか》い慣れてんだろ」

オッサンは自称《じしょう》、元凄腕《すごうで》の冒険者だったらしいが、それが嘘ではなかったって事か。

俺の本当の実力も見抜《みぬ》いていたのかよ。

振《ふ》り返る。

「はっ、後で後悔《こうかい》すんなよ」

「しねえよ。……期待しているぜ」

槍を肩に担《かつ》いで店を後にしようとしたら、思いもしなかった言葉を投げ掛けられ慌《あわ》てて

オッサンは背を向けたまま手を振り、店の奥へと消えていった。

それから、金のあるときに通う酒場や賭場《とば》にも顔を出したが、全員が魔王軍《まおう》襲来《しゅうらい》の噂《うわさ》を知っていた。

警察の前を通ると「ダスト、頑張《がんば》って街を守ってくれよ」なんて言ってくる警官までいる始末だ。

いつもは俺を目の敵《かたき》にして追いかけ回しているくせに、なんなんだよ。気持ち悪いな。

結局、ほとんどの住民が魔王軍襲来の噂を耳にしていた。だというのに誰一人逃げ出さずに、この街に残ると口にする。

「みんな、逃げないって言ってた」

公園のベンチに座って露天商《ろてんしょう》にもらった串焼《くしや》きを平らげたフェイトフォーが満足げに

唇《くちびる》に残ったタレを舐《な》めながら、さっきの事を口にする。

「ここの連中はどいつもこいつも、お気楽なバカばっかだからな。バカは死ななきゃ直らないって言うだろ？　あれ、死んでも直らないだったか？」

「だちゅとは逃げないの？」

フェイトフォーは純粋《じゅんすい》な気持ちで問いかけてきただけなのだろうが、俺はその言葉を聞いて固まっていた。

そういや……俺にも逃げるって選択肢《せんたくし》があったのか。

これっぽっちも考えていなかった。他《ほか》の連中に逃げないのかと訊《き》いておきながら、俺自身は逃げる気がさらさらなかった。

「結局、俺もあいつらと同類って事かよ」

俺はベンチから立ち上がると、腰《こし》からぶら下げていた剣《けん》の柄《つか》にそっと触《ふ》れる。

『あんたは私の騎士《きし》なんだから、今後は私か、私以外の本当に守りたい人のため以外には槍は使わず、その剣で頑張《がんば》りなさい』

別れの際にリオノール姫から言われた約束。

本当に守りたい人のため。

それは——リーンだ。

ついでに仲間達やダチ……この街に住む愛すべきバカ共もおまけに加えてやろう。

5

街から少し離《はな》れた平原でテイラー、キースと向かい合い、俺は武器——槍を構えている。

「どういう風の吹《ふ》き回しだ、ダスト」

「お前が俺達と稽古《けいこ》したいだなんて口走るとはよ。それになんで槍なんだ？」

二人は武器を構えもせず、文句ばかりを口にする。

フェイトフォーとリーンは近くにあった岩に腰掛《か》けているだけで、傍観者《ぼうかんしゃ》に徹《てっ》するつもりのようだ。

「魔王軍襲来に備えて、鍛《きた》え直そうと思ってな」

「その心意気は感心するが、素直《すなお》に信じてよいものか」

「騙《だま》されんなよ、テイラー。ダストがそんな殊勝《しゅしょう》な人間かどうかなんて、今までの言動から分かんだろ。で、なんで槍なんだ？」

腕を組んで唸《うな》っていたテイラーはキースに指摘《してき》されて、何度も大きく頷《うなず》いている。

「鍛錬《たんれん》に乗じて俺達の口封《くちふう》じをしなければならないぐらいの大罪を犯《おか》してしまったのか……。心苦しいが、仲間として断罪しなければならない」

おい、盾《たて》と剣構えんな！

「ダチとして身を切るような思いだ。だけどよ、これも世のため人のため。ところで、賞金とか出てるのか？」

嘘泣《うそな》きしながら弓引くのやめろ！

「なんの話だ！　勝手に凶悪犯《きようあくはん》に仕立て上げんじゃねえよ！」

黙《だま》って聞いてれば、言いたい放題で妄想《もうそう》を膨《ふく》らませやがって。

「マジで槍の腕を取り戻したい、ってのと、お前達に話しておきたい事がある」

リーンは知っているが、テイラーとキースにはまだ過去を明かしていない。

俺が槍を手にしている理由と過去。

それにフェイトフォーの秘密。

すべてを、こいつらには伝えておこうと決めたんだ。

「テイラー、キース。俺の話を聞いてくれ」

俺の過去、フェイトフォーの正体、そのすべてを二人に明かした。

二人は何も言わず黙って最後まで話を聞くと、大きく息を吐《つ》く。

何か言ってくるものだと構えていたが、無言のままだ。表情も驚《おどろ》いた感じはなく、いつもと変わらない。

「お前ら、言いたい事はないのか？」

「やっと暴露《ばくろ》したな、とは思ったが」

「というかよ、バレてないとでも思っていたのか？」

……えっ？

今まで隠していた過去を、コイツら知ってたのか⁉

「いつからなんだ？」

「まあ、あれだ。正直に言えば薄々《うすうす》感づいていただけで、確信を得たのは最近だ。今はどこに出しても恥《は》ずかしいチンピラだが、出会った頃《ころ》は育ちの良さが垣間《かいま》見《み》えていたぞ。元騎士か、貴族じゃないかって噂してたぐらいだ」

「そうそう。言葉づかいも怪しかったからな。無理してるのが見え見えだったぜ。それに身体能力が異様に高いくせに、剣の腕はそれ程《ほど》でもないって、ちぐはぐすぎんだろ」

俺が必死になって隠していたってのに、バレバレだったのかよ。

今までの苦労はなんだったんだ。

「だから、話を聞いて納得《なっとく》した……というのが本音だ。まあ、さすがに噂のドラゴンナイト様だったのは予想外だったが。フェイトフォーに関しては……普通《ふつう》の少女はあんなに飯を食わん」

「だよな。物理的におかしいっての、あの食欲は。それに出来過ぎのタイミングでホワイトドラゴンの噂があったからな」

テイラーの隣《となり》でキースが大きく何度も頷いている。

心配が杞憂《きゆう》だった事に安心を覚えたが、同時にもやっとする。話が早くていいんだが、それなら初めから打ち明けておけば良かった。

「はあ――っ。まあ、いいか。話が早いに越《こ》したことはねえ」

大きく息を吐くと、隠《かく》し事をし続けてきた後ろめたさによる背中の重荷がすべて落ち、体が軽くなった気がする。

「ダスト、俺達は仲間だ。それぐらいは分かるさ」

「だよな。これからは妙な隠し事をすんなよ」

仲間か。そうだな、これからはもっと信用させてもらうか。

「じゃあ、リーンとリオノール姫《ひめ》が入れ替《か》わっていたのも分かってたのかよ」

俺が話を振ると、二人の表情が豹変《ひょうへん》した。

目を見開いてあんぐりと口を開き、ちらっとリーンの方を向く。

「えっ？　あ、ああ。もちろんだとも。仲間と他人を間違《まちが》えるはずがない。なあ、キース」

「お、おう。当たり前じゃねえか」

二人が胡散臭《うさんくさ》い笑顔《えがお》で肩《かた》を組み、乾《かわ》いた声で笑っている。

それを半眼でじっと見つめるリーン。

「じゃあ、いつから入れ替わっていたか答えてみて。仲間なら分かるわよね」

満面の笑《え》みを浮かべて二人へ問い掛《か》ける、リーン。

「あまりにも簡単な問いだな。よっし、キース。ずばり、答えてやれ」

「てめえっ、分かんねえからって俺に押し付けんなよ！」

「早くー、早く答えなさいよー」

岩から飛び降りて、笑顔で歩み寄るリーン。

じりじりと追い詰《つ》められていく二人。

それをぼーっと眺《なが》めているフェイトフォーを見ていると、

「ぶはっ、あはははははは！」

思わず笑ってしまった。

秘密にしていた過去を暴露する事でパーティーから外される覚悟《かくご》もしていたのに、まさか、こんな反応だとは。

「笑ってねえで、リーンの機嫌《きげん》取れよ！」

「頼《たの》むダスト！」

「しゃあねえな。ほら、俺が熱い抱擁《ほうよう》してやるから、許してや……あっぶねえな！　いきなり魔法《まほう》を撃《う》つな！　当たったら死ぬぞ！」

杖《つえ》を構えてにじり寄るリーンに対し、俺達は互《たが》いを盾にしようと小競《こぜ》り合いをしている。

「俺は直《す》ぐに見抜いたぜ。だって胸――」

「まさか、あんた達。偽者《にせもの》の方が胸大きかったなーとか、気品があって良かった、とか思ってないわよね」

「「「思ってません！」」」

リーンが杖を下ろすまで、俺達は必死になって言い訳を並べ続けた。


あれから、仲間と鍛錬を続けている。

「はあっ、はあっ、ふううう。まるで別人だな」

テイラーが地面に尻《しり》をついて荒《あら》い呼吸を整えようとしている。

少し離れた場所では、キースが鏃《やじり》のない矢がなくなった矢筒《やづつ》を投げ捨て、大地に寝《ね》そべった。

「矢が一本も当たらないなんてマジかよ」

二人を一方的に叩きのめしたが満足はしていない。

本格的に槍《やり》を扱うと、やはり腕《うで》が落ちているのを自覚する。剣よりは扱《あつか》いやすく、格段に強くはなっている。だが、全盛期《ぜんせいき》の俺はこんなものではなかった。

「キース、テイラー助かったぜ。んじゃ、次はフェイトフォー。練習も兼《か》ねて、ちょっと散歩に行くか」

ドラゴンナイトとして騎乗《きじょう》がさまにならないと格好悪《かっこわる》いからな。

「うんっ！」

勢いよく服を脱《ぬ》ぎ捨てようとするフェイトフォーの前に、リーンが慌《あわ》てて駆《か》け寄った。

俺達から見えないように目隠《めかく》しをしている。

「ほら、あんた達あっちを向きなさい」

幼女の裸体《らたい》に興味なんてこれっぽっちもないが、前にそれを言ったらフェイトフォーに噛まれたので、大人しく後ろを向く。

「もういいわよ」

振《ふ》り返るとホワイトドラゴンとその背中に乗ったリーンがいる。

「おい。なんで、リーンが乗ってんだよ」

「いいじゃないの。一人乗りより二人乗りの方が練習になるでしょ。ほら、早く乗った、乗った」

それっぽい事を口にしているが、前に乗せた夜間飛行が気に入っただけみたいだな。

「しゃーねえな。ちょっと重くなるが大丈夫《だいじょうぶ》か？」

首筋を撫《な》でながらフェイトフォーに話し掛《か》けると、顔をすり寄せてきた。どうやら許可してくれるらしい。

リーンの前に乗り込むと、腹に手を回してきた。

「しばらく飛んでくるから、休んでいいぞ」

「そうか。お言葉に甘えるとしよう」

「好きなだけ飛んでていいぞ。寝とくから」

眼下には寝転びながら手を振る二人が見える。

大きく羽ばたくと体が浮遊《ふゆう》感に包まれ、すーっと上昇《じょうしょう》する。

「前は夜だったから、あんまり実感なかったけど結構怖《こわ》いわね、これ」

ぎゅっとしがみついてきた。体が密着して胸が当たるけど……もうちょい、ボリュームがあったら楽しめるんだが。

「今、失礼な事を考えなかった？」

「胴体《どうたい》を締《し》め上げるな！　落ちたらお前も死ぬぞ⁉」

危《あや》うく落ちかけたが、なんとか体勢を立て直す。

他《ほか》の連中に見つからないように高度を上げて飛んでいると、少し先に何かが飛んでいるのが見えた。それも複数。

「なんだあれ？　リーン見えるか？」

「えっ、どこ、どこ？」

俺が指さす方に顔を向けると、目を細めて見つめている。

「うーん、点にしか見えないんだけど」

「もうちょい、近づいてみるか」

それは俺達よりも低い位置を飛んでいるので、もう少し距離《きより》を詰《つ》めてもたぶん見つからない。

徐々《じよじよ》に姿がハッキリしてくると、それが鳥でない事が分かった。

「背中に羽の生えた……人型？」

「たぶん、悪魔の類《たぐ》いだな」

黒いコウモリの翼《つばさ》が生えている、となると、サキュバスや前に戦った悪魔ペリエが当てはまる。

「こんなところを、悪魔が群れを成して飛んでるのって変じゃない？」

「確かに。まさか、魔王軍の偵察《ていさつ》部隊か？」

大規模戦闘《せんとう》で戦力と同じぐらい、いや、それ以上に重要なのは情報だ。

情報の重要性は騎士《きし》時代に隊長から叩《たた》き込まれたからな。

「食料は途中《とちゅう》で調達する事も可能だ。戦力は戦略で補う事が出来る。だが、情報は事前に得ている事が重要となる。そもそも、食料の調達も戦略も情報ありきだからな、忘れるんじゃないぞ」

今でも一言一句覚えているぐらい、印象に残っている。

偵察なら今潰《つぶ》しておくか？

上空から強襲《きょうしゅう》すればやれる数だ。今ならリーンの魔法もある。

いや、待てよ。ここで倒すのは得策じゃない。連中が戻らなければ警戒《けいかい》が増して、また別の悪魔が送られるだけか。

「どうするの？」

「魔王軍の連中なら戦力を削《けず》っておくのは、ありっちゃありなんだが、まったく関係のない野良《のら》悪魔って可能性もないとは言えないだろ」

「野良悪魔って……。でも、バニルさんみたいな悪魔がいるもんね」

それに、街で共存しているサキュバスも普通とは言い難《がた》い。貴族と悪魔は変人率が高いから一概《いちがい》には否定出来ないんだよな。

蹴散《けち》らした後に「悪魔違いだった、ごめーん」では済まない。

「でも、魔王軍関係だったら接触《せっしょく》するのも危険でしょ」

「だよなー。せめて、何者か分かれば……あっ」

怪しまれずに、ヤツらに接触する方法を思いついた。

フェイトフォーに戻るように伝え、見つからないように迂回《うかい》しながらテイラー達のところに戻る。

「もう、帰ってきたのか」

「おいおい、お空で開放的だからって、やるには早す――」

リーンの魔法で吹《ふ》き飛ぶキースを無視して、俺は再び空に浮《う》かぶ。

「あいつらどうにかしてみっから、お前らは先に帰ってくれ」

「分かった。二人にはあたしから説明しておくから」

飛び降りたリーンに後を任すと、悪魔達……ではなく、アクセルの街へと向かう。

6

「おーい、ロリーサいるかー？」

サキュバスの店に入ると、大声でロリサキュバスを捜《さが》す。

「あら、ダスト様。あの子をお捜しですか」

色気を振りまきながら歩み寄ってくるのは店長のサキュバスだ。

ロリサキュバスと違い出るところは出ていて、一つ一つの仕草がヤバいぐらい色っぽい。

「魔道具店にもいなかったから、こっちだと思ったんだが。見当たらねえな」

店内を見回してみるが、むしゃぶりつきたくなる体つきのサキュバスばかりで、貧相《ひんそう》な体のロリサキュバスがいない。

「ちょうど良かったですわ。バニル様が留守で落ち込んでいましたので、連れて行ってください。このままでは仕事になりませんので」

店長に呼ばれてやってきたロリサキュバスは見るからに覇気《はき》がない。

うつむき何度もため息を吐いている。

「辛気臭《しんきくさ》い顔してんな」

「一日一回、バニル様のお姿を拝見して匂《にお》いを嗅《か》がないとやる気が出ないんです」

「旦那《だんな》の体って土だよな……。地面の匂いでも嗅いでろよ」

「バニル様の体をそんじょそこらの土と一緒《いっしょ》にしないでください！」

いや、そんじょそこらの土だろ。

仮面が本体で体の土は何でもいいって、前に旦那が言っていた。

「おい、ちょっと手伝ってくれ。どうせ、役に立ってないんだろ？」

「嫌《いや》ですよ。今日はやる気ないので何もしませんし、動けません」

ぷいっと横を向いて頬《ほお》を膨《ふく》らませ、拒絶《きょぜつ》反応を示している。

ほんと面倒臭《めんどうくさ》い女だな。

「やる気が出る物をくれてやるから、そう言うなって」

「もう騙《だま》されませんからね。前もバニル様の使用済みカップとか嘘《うそ》を吐かれましたし。あーっ、バニル様印の饅頭《まんじゅう》をくれるって話はどうなったんですか！」

余計な事を思い出しやがった。

毎回適当な嘘を吐いて利用してきたが、無駄《むだ》に知恵《ちえ》を付けやがって。

「悪かった、悪かったって。今度こそ正真正銘《しょうしんしょうめい》、まがい物なしの本物だからよ」

「ふんっ」

顔はそっぽを向きながらも、視線はこっちに向けられている。

「今回の品は旦那のファンなら必見のこれだ」

懐《ふところ》から取り出したのは一枚の下着。

それを見た瞬間《しゅんかん》にロリサキュバスが高速で近づくと、まじまじと下着を凝視《ぎょうし》している。

「そう簡単に騙されたりは……この芳醇《ほうじゅん》でどこか懐《なつ》かしさを感じさせる香《かお》り。バニル様の体から漂《ただよ》う香りにそっくりです！」

充血《じゅうけつ》した目を限界まで見開いて熱く語る姿がキモい。

しかし、上手《うま》く騙されてくれたな。市販《しはん》のパンツを魔道具《まどうぐ》店の庭の土に擦《こす》り付けただけなんだが。

「仕方ありません。今回だけは手伝ってあげます。安い女だとは思わないでくださいね」

下着を丁寧《ていねい》に折りたたんで懐に入れなければ、少しは説得力があったんだけどな。

「それで何をお手伝いすればいいんですか？」

「おう、実は――」

「つまり、怪しげな悪魔の団体さんに話を聞けばいいんですね」

「そういうこった。もし、魔王軍の連中だったら、詳《くわ》しい話を聞き出してくれねえか？」

「いいですよ。お客様から話を聞き出すのは得意とするところです。それに我々《われわれ》サキュバスはこの街の皆《みな》さんにお世話になっていますからね。それぐらいお安いご用です」

ドンと胸を叩《たた》いて自信ありげな様子。

さっきまでの挙動を思い出すと不安しかないが、ここは任せるしかない。

森に隠れてもらっていたドラゴン状態のフェイトフォーに跨《また》がると、「うんしょっと」なぜかロリサキュバスが後ろに乗る。

「おい、お前は自力で飛べるだろ」

「私とフェイトフォーちゃんだと速さが段違《だんちが》いですよ。それに一度ドラゴンに乗ってみたかったんです。さあ、行きましょう！」

手を振《ふ》り回して盛り上がっているロリサキュバスに「しがみついておけよ」と忠告して全力で空を駆《か》ける。

「うわー、速い速い！　座るとお尻《しり》がヒリヒリするから浮かしてますけど、これを体験すると自力で飛べなくなりそうですう」

だから後ろから足を絡《から》ませて抱《だ》きついているのか。

「揺らすな！　危ねえだろっ！」

後ろではしゃぐ声がうるせえ。

尻が痛いのはホワイトドラゴンが神聖属性だからか。悪魔とは相性《あいしょう》が悪いもんな。

「おっと、見えてきたぞ」

速度を落として集団飛行している悪魔達を上空から観察する。

コウモリのような翼はロリサキュバスと似ている。だが、飛んでいる連中は全員男のようだ。

「あいつらの種族分かるか？」

「うわぁー、インキュバス……」

しかめ面《つら》で吐《は》き捨てるように言うロリサキュバス。表情からして、あいつらの事が苦手なのか？

「インキュバスって、あれだよな。男版サキュバスだっけか」

サキュバスと逆で女から精を得ている男性型の悪魔、って話を聞いた事がある。

「一緒にしないでください！　インキュバスはサキュバスにとって天敵なんです。確かに同じ夢魔ですけど、あいつらはナルシストばっかで気持ち悪くて、無駄に自意識過剰《かじょう》でプライドが高くて、ほんっとに虫唾《むしず》が走る連中なんです！」

顔を真っ赤にして熱く語っている。本気で嫌《きら》いらしい。

コイツはアクシズ教徒以外には愛想《あいそ》がいいのに、これだけの嫌悪感《けんおかん》をあらわにする相手なのか。

「それじゃ、話を聞くのは無理だな。別の方法考えるとすっか」

「いえ、やります。やらせてください！」

やる気を失ったかと思ったら、拳《こぶし》を握《にぎ》りしめ目を輝《かがや》かすロリサキュバス。

「おっ、やる気じゃねえか。どうした？」

「昔、女装したインキュバスにお客を取られた事があるんです……。私のようなかわいい子が好みだって言ってたのに、『ボーイッシュな女の子ではなく、男の子だと!? これこそ俺の求めていた理想像だ！』とか言い出したんですよ！ 信じられますかっ、おかしいでしょ！ あの屈辱《くつじょく》、絶対に許さない、許さない、許さない……」

うつむきながらギリギリと歯ぎしりをして、ぶつぶつと呪詛《じゅそ》を吐き続けるロリサキュバス。

あんまり深く知らない方がいい話っぽいな。

とはいえ、この調子だとしかめ面でインキュバスに毒を吐きかねない。少しはご機嫌《きげん》取っておくか。

「そ、そうか。そいつも見る目がないな。どう考えたって、お前さんの方が魅力的《みりょくてき》に決まってんのに。俺なら迷わず、お前さんを指名するぜ」

「えへへ、ですよねー。もう、分かってるじゃないですかぁ」

一瞬《いっしゅん》にしてご機嫌になると、頬の緩《ゆる》みきった顔で照れた素振《そぶ》りをしている。

ゆんゆんにしろ、コイツにしろ、俺の周りにはちょろいのばっかだ。あっ、リーンだけは別か。

「おっと、あいつら地上に降りて休憩《きゅうけい》してんな。ちょっかい掛《か》けるなら今か」

「分かりました。あっ、そうだ！　ダストさんも一緒に来てください」

「なんでだよ。人間の俺が行ったら警戒されるだろ？」

「大丈夫《だいじょうぶ》です。そこは上手くやりますから、お任せください」

妙《みょう》に自信ありげなのが逆に怖《こわ》いが、任せると決めたからには付き合うしかない。

ヤツらに見つからないように距離《きょり》を取って降下すると、フェイトフォーを人型に戻らせていつものように背負う。

そして、ロリサキュバスの後ろに控《ひか》えるような形でインキュバス達へと近づいて行く。

近づくにつれ相手の姿がハッキリしてきたんだが、なんだこいつら。

無駄に毛をフサフサさせた髪型《かみがた》に耳にはピアス。男のくせに化粧《けしょう》をした顔。アイシャドウまで入れてるぞ。

服装は黒のスーツでノーネクタイ。中のワイシャツは目に優《やさ》しくない派手な色彩《しきさい》で胸元《むなもと》を大きく開け放っている。男の胸元なんぞ見えても嬉《うれ》しくもなんともねえ。

指にはいくつも指輪をはめて、光の反射でキラキラするのがうっとうしい。

地上に降りてから翼《つばさ》を消したので、一見するとただのチャラい男だ。

「あのー、皆さんこんなところで何をしているのですか？」

ロリサキュバスが物怖《ものお》じもしないで、見るからに怪《あや》しいインキュバス達に声を掛ける。

「チョリーッス。かわいらしいお嬢《じょう》ちゃんじゃーん。ボク達に何か用かい？」

俺の方に、ちらっと視線を向けたのに完全無視。男なんて眼中にないってか。いい性格してやがる。

「……えっと、何しているのかなーって気になって」

「ふっ、ボク達は木陰《こかげ》で休んでいるだけさ。かわいい小鳥ちゃん」

今、あまりのキモさに背筋がぞわっとした。

こいつら、身振《みぶ》り手振りを入れないと話せないのか。あと無駄に長い髪を話すたびに掻《か》き上げるのやめろ。邪魔《じゃま》なら切れよ。

「そうなんですか」

存在自体がうっとうしい連中を前に笑顔《えがお》を絶やさずに対応するとは、やるじゃねえかロリサキュバス。

「ところで皆さん、インキュバスですよね？」

微笑《ほほえ》みながら小首を傾げると、インキュバス達が一斉《いっせい》に立ち上がる。

おっと、ニヤけ面が一変しやがった。真面目《まじめ》な顔も出来るじゃねえか。

一歩踏《ふ》み出し、ロリサキュバスを背後に隠す。

「ひゅー、子連れの兄ちゃんカッコウィィー。ボク達の正体を知って話し掛けてくるなんて、何を考えているのかなー？」

正体を隠す気はないようで、全員の背中から一斉にコウモリの翼が生える。

「そんなに警戒《けいかい》しないでください。こういう者です」

ロリサキュバスが俺の横に並ぶと連中に背を向けて、同じようにコウモリの翼を出して見せ付けた。

「ふぅーっ！　ご同業じゃないの。それならそうと言ってくれよ」

張り詰《つ》めていた空気が霧散《むさん》した。

両手の人差し指をこっちに向けて「意地悪なお茶目《ちゃめ》ちゃん」とか言いながらツンツンし

てくるのが、死ぬほどうっとうしい。

「皆さんはもしかしてアクセルの街を目指しているのですか？」

「そうだよー。ちょっち、お仕事でね」

「もしかして、アクセルを襲うための下調べですか？」

「んんーっ？　あれあれー。魔王《まおう》軍でも極秘《ごくひ》の任務なのに、どうして知ってるのかなー」

口調は軽いままだが、目つきが鋭《するど》い。

何人かは腰《こし》からぶら下げている短剣《たんけん》の柄《つか》に手を伸《の》ばしている。

「えっとですね、実は私もアクセルの街に忍《しの》び込んで諜報《ちょうほう》活動しているのですよ」

「ふーん。でも、その隣《となり》のヤツは人間だよね？」

「はい、そうですよ。お手伝いをしてもらっている、魔王軍の協力者です」

そういう設定は先に話しておけよ。急に話を振られたので曖昧《あいまい》に笑っておく。

しっかし、そんな無理のある設定で相手が納得《なっとく》するとは思えないぞ。

「ほら、この軽薄《けいはく》そうな顔を見てくださいよ。いかにも裏切り者って感じでしょ」

「ああ、確かにぃー。後ろのおこちゃまもカモフラージュ？　やるじゃん」

「お金、大好きっしょ」

「分かる分かる。人じゃなくてクズが服を着てんじゃね？」

コイツら後でぶっ飛ばす。

あっさり信じられた事に思うところはあるが、ここはぐっと我慢《がまん》だ。

「ちなみに私はバニル様の部下をやってます」

「えっ、バニル様ってあのバニル様だよな。魔王城でいたずらをしまくって、魔王様が頭を抱《かか》えていたっていう。左遷《させん》されたって聞いてたけど……マジかよ。あんたも苦労してんじゃーん」

今、一瞬だけ素《す》の口調に戻《もど》ったな。しっかし、バニルの旦那《だんな》は魔王の城でもそんな事をしてたのか。

バニルの旦那が元は魔王軍の幹部だったって話は、前にカズマが酒の席で言っていた気がする。ほら話だと適当に聞き流してたんだが、マジだったのか。

確か今は自分用のダンジョンが欲しくて、ウィズの魔道具店を手伝っているんだよな。

「じゃあ、情報交換《こうかん》でもするっしょ？」

「はい、お願いします」

俺は興味のない振りをしながら会話に耳を傾《かたむ》けている。

ロリサキュバスが接客業で鍛《きた》えた話術で相手を持ち上げながら情報を聞き出してくれるおかげで、かなり有益な情報を得られた。

要約すると、魔王軍の中で人型に近く人間に接する機会の多いインキュバスが、偵察隊《ていさつたい》として選ばれたらしい。

確かに人間にしか見えない外見だが、この目立つキャラは人選ミスだろ。

しっかし、ヤべえな。悪い方の予想外だ。

インキュバスが口にした魔王軍のおおよその戦力は、俺が想像していた数を軽く上回っていた。

アクセルの街に向かわせる予定の戦力だけでも相当なものだが、念には念を入れてコイツらを送り込み詳細《しょうさい》な情報を得るつもりだったのか。相手の指揮官は無能じゃないらしい。

現状でもヤバいのに警戒されて戦力を増強されたら厄介《やっかい》すぎる。

アクセルの街を調べられて、こっちの戦力がバレるのは避《さ》けたい。……あれっ、待てよ。

あのアクセルの街を知って警戒が増すか？

昼間っから酒を飲んで騒いでいる冒険者《ぼうけんしゃ》。

そんな冒険者にも負けない自由奔放《じゆうほんぽう》な住民。

アクアの姉ちゃんを筆頭にやりたい放題で、迷惑行為《めいわくこうい》ばっかのアクシズ教徒の嫌《きら》われっぷり。

……むしろ、偵察させた方が油断するんじゃねえか？

「あのー、もしよろしければアクセルの街をご案内しやしょうか？　あの街の事は知り尽《つ》くしているんで。えへへへへ」

話が終わったタイミングで揉《も》み手をしながら切り出すと、ロリサキュバスがギョッとした顔でこっちを見ている。

「えっ、マジー。助かるぅー。よろぴくー」

大袈裟《おおげさ》な身振り手振りを入れる軽薄な口調のインキュバス。

ああ、殴《なぐ》りてえ。

「ちょっと、ダストさん」

ロリサキュバスが俺の服を掴《つか》んで引っ張る。

アイツらから少し離れると、俺の耳を掴んで口を近づけてきた。

「何を考えているんですか！　敵を手伝ってどうするんです!?」

「耳元でわめくな！　あのな、良く考えてみろよ。好き勝手に偵察されるより、俺達が誘《ゆう》導《どう》した方が都合よくねえか？」

「相手が油断するような情報ばかりをあえて与える、って事ですか。……言われてみれば確かに。珍《めずら》しく考えてたんですね」

「珍しいは余計だが、まあな。他《ほか》のサキュバスの姉ちゃん達にも手伝ってもらえば、余計な事は知られずに済むだろ」

「そうですね。わっかりました！　同僚《どうりょう》の子と先輩《せんぱい》に話してみます」

「頼んだぜ」

　これで魔王軍が油断してくれたら助かるんだが。

7

　インキュバスへの対応はサキュバス達に任せて、俺は冒険者ギルドに戻ってきた。

　先に帰ってきていたリーン達を発見して、その席に腰を下ろす。

「おっ、帰ってきたのか。悪魔達はどうなった？」

「あれはなんとかなったぜ。あとヤバい話も耳にしたんだが——」

　サキュバスの事は伏《ふ》せて、あらましを説明する。

　魔王軍の規模が想像を超《こ》えている事実を伝えると、全員の眉根《まゆね》が寄って眉間《みけん》にしわが刻まれていく。

「なあ、ヤバくねえか？」

ぼそっとキースが呟《つぶや》くが、誰《だれ》も答えない。

みんなが同じ事を思っているからだろう。

「レベル三十を超えている冒険者が何人かいるとはいえ、どう考えても戦力不足は否《いな》めない。正直いって厳しいのではないか」

「あたしもテイラーの意見と一緒《いっしょ》かな。冒険者だけじゃ無理じゃない？」

テイラーもリーンも渋《しぶ》い顔だ。

「他に戦力っていってもな。衛兵や警察官がいるにはいるが、あいつらそんなに強くねえし数も少ねえ。冒険者に匹敵《ひってき》する戦力……強いヤツか……」

「バニルさんとウィズさんが味方になってくれたら心強いんだけど」

それを確かめに魔道具店に行ったが留守だったからな。

敵対はしないと思うが、表だって手伝ってくれるかは怪しい。ウィズはやってくれそうだが、バニルの旦那は一応、元幹部っていう立場があるだろうからな。

「どうだかな。旦那には期待してるけど考えが読めないんだよなあ」

未《いま》だにバニルの旦那が何を考えているのかは、さっぱり分からない。

人間が嫌《いや》がるときの悪感情が好きなのは知ってるけど。

「そうなると俺達が強くなるしかねえんだが、レベルアップには限度があるからな。カズマみたいに最弱職業の冒険者だとレベルアップも早いらしいが、俺達は頑張《がんば》ったところで一レベル上がるかどうかだろ」

「ダストの言うとおりだな。急激に見違《みちが》えるほど強くなる、なんて都合良くはいくまい」

テイラーの言葉がダメ押しになり、全員が腕《うで》を組んで唸《うな》っているだけだ。

レベル上げをするに越《こ》したことはないんだが、そこまでの成長は見込めない。

悩《なや》むしか出来ない状況《じょうきょう》で、リーンが床《ゆか》に向けていた顔を上げてじっとこっちを見た。

「でもさ、あたし達は無理でもダストはやれるんじゃないの？　ドラゴンナイトとしての実力を取り戻《もど》せたら」

それを聞いたテイラーとキースがハッとした顔で俺を凝視《ぎょうし》する。

「そう、だな。ダストを鍛えるのが勝利への一番の近道か」

「ダストに任せっきりってのはムカつくけどよ、それしかないみたいだな」

いつもなら面倒臭《めんどうくさ》いと拒否《きょひ》する場面なんだが、今回は特別だ。全盛期《ぜんせいき》に近い実力を取り戻せたら勝機はある、かもしれない。

「そうだな、俺様に任せな！　どんな修行《しゅぎょう》にも耐《た》えてみせるぜ」

仲間を勇気づけるためにも強気でいくか。

「じゃあ、どんな鍛錬《たんれん》がいいのかな？　死ぬ一歩手前ぐらいの辛《つら》い修行でもさせる？」

「おい、リーン」

何、さらっと物騒《ぶっそう》な事を口にしてんだよ。

「あー、どっかのヤバめなダンジョンにでも放り込むか。槍《やり》持たせたら死なないだろ、いけるいける」

「おい、キース」

コイツら他人事《ひとごと》だと思って適当な発言ばっかしやがって。

「まあ、待て。真面目《まじめ》に考えるべきだ。昔の腕を取り戻すとなると、数をこなすのが一番だろう。しかし、余裕《よゆう》のある相手だと鍛錬にはならない」

おー、さすがテイラーだ。唯一《ゆいいつ》まともな考察をしてくれている。

「ある程度は強く、数も多く、ダストが必死になって戦う敵。そんな都合のいい相手がいるといいのだが」

「そんな好条件の敵いるの？　でも、ダストがやる気を出す相手なら直《す》ぐに分かるわよ。どうせ、人型で美人でスタイルが良かったらいいんでしょ？」

「おう、分かってるじゃねえか」

完全同意で頷《うなず》いていると、リーンが俺を睨《にら》んでくる。

「メスのモンスターで数が多い……あー、思いついちまった」

キースがぱんっと手を打ち鳴らすと、テイラーとリーンに耳打ちする。

それを聞いた二人の顔がぱっと輝くと何度も頷く。

「でかしたぞ、キース。名案じゃないか！」

「うんうん、条件にぴったりね！」

「なあ、お前らだけで納得《なっとく》してないで教えてくれよ。気になるじゃねえか」

「それは現地についてのお楽しみよ」

三人がニヤニヤと不気味に笑っているのが気になり質問するが、何を聞いてもそれ以上は教えてくれない。

コイツらの態度を見て、俺の直感がヤバいと警報を鳴らしている。

無言ですっと椅子《いす》を引く。

「おっと、急用を思い出しちまった。そんじゃーな」

素早《すばや》く席を立とうとしたが、その肩《かた》をキースとテイラーに掴まれる。

「どこへ行こうと言うのだ？　どんな修行にも耐えてみせると言ったではないか」

「安心しろって。お前が好きなメスのモンスターがお相手だ。おまけに巨乳《きよにゆう》だぞ」

「良かったわね、ダスト」

「信じられるか！　その妙《みよう》に優《やさ》しい口調やめろや！　フェイトフォー、飯食ってないで助けてくれ！」

話し合いの最中、ずっと我関《われかん》せずと飯を食い続けていた相棒に助けを求める。

ちらっとこっちを見て立ち上がろうとしたが、リーンが自分のデザートの皿を差し出すと、黙《だま》って座った。

「食欲に負けんなよ！　お、おい。なんでロープ持って近づいてんだ。まずは穏便《おんびん》に話し合おうじゃねえか。な、なあ」

俺の言葉に耳を貸さない仲間達に縄《なわ》で縛《しば》り上げられ、目的地まで空輸された。


ぶらぶらと揺《ゆ》れながら眼下を見ると、草原が見える。

馬車とは比べものにならない速度で滑空《かっくう》しているので、アクセルの街はもうどこにも見えない。

リオノール姫《ひめ》もぶら下げられてたときは、こんな景色を眺《なが》めていたのか。

「あのー、そろそろほどいてくれませんかね」

「ダメよ。ほどいたら逃げ出すでしょ」

「どこにだよ！」

俺は今、ロープに巻かれて空を飛んでいる。

正確にはぐるぐる巻きにされた状態で、フェイトフォーの首からロープで吊《つ》るされて飛んでいる最中だ。

フェイトフォーの背中にはリーンだけが乗っている。

テイラーとキースまで乗ると定員オーバーなので、リーンが乗ることになったんだが、二人は羨《うらや》ましそうにじっとホワイトドラゴンを見ていた。

……二人も乗ってみたかったみたいだ。

「うーん、風が気持ちいいぜ」

開き直って、この状況を満喫《まんきつ》しようと現実逃避《とうひ》をしてみたが現状は何も変わらない。

「あれ、ここの風景どっかで見た覚えがあるぞ」

「そりゃそうでしょ。行ったことがある場所だもの」

んんっ、行ったことがある？

アクセルの街から真っ直ぐ飛んでいる、この方向。あー、なんか引っかかるな。

「忘れちゃったの。このまま真っ直ぐ進んだらアルカンレティアよ」

「ぶはっ！　お、おい。正気か⁉　あのアクシズ教徒の総本山なんかに何しに行くんだよ！」

あの街では酷《ひど》い目に遭《あ》った思い出しかない。

勧誘《かんゆう》の嵐《あらし》に、バニルの旦那《だんな》がやらかした騒動《そうどう》。あんな頭のおかしい連中しかいない場所に二度と寄る気はねえぞ！

「降ろしやがれ！　あそこに行くぐらいなら死んだ方がマシだ！」

この高さから落ちたら無事ではすまないが、あの街に行くよりましだ。

そう思って暴れていると、体がいきなり地面に向かって落ちていく。

「うおおおおおおおおっ!?」

「そんなに降りたいなら、望み通りにしてあげるわね」

フェイトフォーが急降下すると地面すれすれで止まり、俺はロープを切られて地面に落とされた。

「痛《い》ってえな！　何すんだ！」

「望み通りにしてあげただけでしょ。はい、槍も渡《わた》しておくわね。じゃあ、頑張《がんば》ってー」

放《ほう》り投げられた槍が俺の近くの地面に突《つ》き刺さる。危ねえなっ！

リーンは騎乗《きじよう》したまま呑気《のんき》に手を振っている。

「ちょっと待て！　こんなところに放り出してどうすんだよ！　アルカンレティアどっちの方角なんだ!?」

「それは気にしなくていいわよ。ここが目的地なんだから。それにアルカンレティアはとっくに通り過ぎたし。ダスト、よく聞いて。ここはとあるモンスターの棲息地《せいそくち》なの。やることはたった一つ、死に物狂《ぐる》いで生き延びてね。じゃあ、そういう事で」

言うだけ言うと、すーっとフェイトフォーが空に昇《のぼ》っていく。

何が目的か分からないが、アルカンレティアに連れて行かれるよりかマシだ。

どんなモンスターかは知らないが相手してやるよ。

俺が槍を手に辺りを見回していると、遠くの方から砂煙《すなけむり》が見えた。それが徐々《じょじょ》にこっちへと近づいてくる。

「なんだあれ。リザードランナーの群れか？」

目を凝《こ》らしてじっと見つめていると、その姿が鮮明《せんめい》になってきた。

それが何か分かった瞬間《しゅんかん》、背中に大量の汗《あせ》が噴《ふ》き出す。

「みんな、見て、見て！　金髪《きんぱつ》のイイ男がいるわあああああっ！」

「ちょっとすれた感じでワイルドなのが、私好みよおおおおおっ！」

「性欲強そうじゃないのっ！　たまんなああああいっ！」

大声と共に突進《とっしん》してくる――メスオークの群れ。

「嘘《うそ》、だろ……」

オークとはメスのあまりの性欲旺盛《おうせい》さに、オスが精も根も搾《しぼ》り取られ全滅《ぜんめつ》したと言われている種族。

そして最悪な事に、性の対象は同族だけではなく……人間も範疇《はんちゅう》に入っている。

見た目が人間に近いならまだマシなんだが、髪が生えている個体でも豚《ぶた》の顔にふくよかすぎる体。人間側としては断固拒否させてもらいたい。

それが涎《よだれ》をまき散らしながら群れを成して、こっちへと向かっている。

認めたくない、悪夢のような光景。

「ふっざけんな！　おい、冗談《じょうだん》はやめろ！　リーン！　今なら許してやるから、さっさと降りてこい！」

「ダストならやれるって、あたし信じてる。……守ってね」

わざとらしく目を潤《うる》ませてんじゃねえぞ！

「守れってどっちだよ！　主語ハッキリしろよ！　アクセルの街か、俺のムスコか⁉」

遠ざかっていくリーンに叫ぶが、手を振《ふ》りながら小さくなっていく。

「マジで見捨てやがった……。戻《もど》ったら覚えてやがれ。ひん剝《む》いて、その貧相《ひんそう》な胸を揉《も》みまくってやるからな！」

槍を振り回しながら怒鳴《どな》り散らしていると、ぽろっと槍の穂先《ほさき》が地面に落ちた。

嘘……だろ？　えっ、先がなくなったらただの長い棒だぞ？

オッサン手入れを怠《おこた》ってやがったなっ！

「あらー、そんな長い棒だけでナニをする気なのかしら。嫌《いや》だわぁ」

「そんなに胸が揉みたいなら、いくらでもいいわよー」

近くで聞こえた声に恐《おそ》る恐る振り返ると、俺を取り囲むように半円状でオークが並んでいた。

全員が赤面していて鼻息が荒《あら》い。自分で胸を揉みながら巨乳をアピールするな！

あのギラギラと欲望みなぎる目は、獲物《えもの》を狙うハンターのそれだ。

「な、なあ。人とオークは相容《あいい》れない存在だと思わねえか？」

「大丈夫《だいじょうぶ》。私達って異種族に対する差別はないから、安心して！　何もしないで空を眺めていたら終わるから！」

どこに安心出来る要素があるんだよ！

逃げようにも完全に取り囲みやがった。全部で何匹《なんびき》いるんだ⁉

「あなたの隠《かく》し武器もその棒みたいに立派なのかしら。はあっ、はあっ、はあっ」

「いやいや、なまくらでナイフみたいな粗末《そまつ》なもんだって！　ご期待に添《そ》えねえからっ！」

「私は武器で差別したりしないから。なまくらだって、私のお口で研《と》いでギンギンのグレートソードにして、あ、げ、る」

「マジで勘弁《かんべん》してくれえええええっ！」

こんな連中に捕《つか》まったらどうなるか、考えたくもねえ。

オークが人間と変わらないぐらいの容姿なら喜んでお相手するが、何度見ても二足歩行の豚だ。

「前に冒険者《ぼうけんしゃ》のかわいらしい男子には逃げられちゃったけど、今回は逃がしゃしないわよ」

「あと少しで、あの子の初めてを奪《うば》えたのにっ！」

誰《だれ》か知らねえが逃げたヤツがいるのか。俺だってっ！

「てめえら、動くんじゃねえぞ。それ以上近づいたら……」

俺が穂先のなくなった槍《やり》を構え、振り回して警戒《けいかい》する。

「嫌よ。近づかないと色々と出来ないじゃないのお」

「私、痛いの嫌いじゃないわよ。初めはあなたから叩《たた》いて、次にこっちが上に乗って打ち付けていいわよね」

「良くねえよ！」

ダメだ、説得に応じるような相手じゃねえ。

捕まったら確実にやられて搾り取られる！

この長い棒で叩きのめすしか手がないのか。クソッタレがっ！

「もう無理いぃぃぃっ！　ねちょねちょの、ぐっちゃぐっちゃにしてあげるわ！」

「上半身は譲《ゆず》るけど、下半身は私が一番乗りよ！」

辛抱《しんぼう》が限界に達したオークの群れが迫り来る。

「うおおおおおっ！　絶対に綺麗《きれい》な体で帰ってやる！　終わったらサキュバスの店で最高の夢を見せてもらうんだあああぁっ！」

俺は覚悟《かくご》を決めると雄叫《おたけ》びを上げて、涙目《なみだめ》で突っ込んでいった。


上半身裸《はだか》で下半身は下着一枚。髪もボサボサで荒《あ》れ放題。手にした槍を杖《つえ》代わりにしてなんとか立っている。

そんな俺は大きく息を吸い込むと空を睨む。

「はあっ、はあっ、はあっ。逃《に》げ切ってやったぞおおおっ！」

歓喜《かんき》の叫びが平原に響《ひび》き渡《わた》る。

何体か叩きのめして包囲網《ほういもう》を抜《ぬ》け出し、森に飛び込むと息を殺して隠れ、各個撃破《げきは》を続けていたが、オークは驚異《きょうい》の回復力で倒《たお》した相手も次々と復活していく。

なので、数が一向に減らない。

倒しても倒しても、復活して何度も挑《いど》んでくるという、終わる事のない悪夢。

丸一日、死に物狂いで戦い続けて、なんとか包囲網を脱出《だっしゅつ》することに成功した。

「人間やれば出来るんだな……」

安堵《あんど》感と解放感に泣けてきた。

大きく深呼吸をして精神を落ち着かせる。

「先が取れたのはあれだが、業物《わざもの》なのは確かだったな」

柄《え》だけになった槍は、よく持ってくれた。あれだけ殴って突《つ》いても壊《こわ》れることなく手元に残っている。

一日中手放さなかった槍を軽く振り回してみた。

風を切り裂《さ》く音が明らかに前と違《ちが》う。今では槍が完璧《かんぺき》に馴染《なじ》んでいる。

実際オークの処理も後になればなるほど速くなり、手際《てぎわ》も良くなっていた。

「これもアイツらのおかげか」

この逆境に放り込まれたおかげで、槍の腕《うで》を取り戻《もど》す事が出来た。

オークに捕まり服を破られた事も——

上半身を舐《な》められた事も——

合体直前まで追い込まれた事も——


すべてを糧《かて》として強くなった。逆境に放り込んでくれた仲間達には感謝……。

「出来るかああああああああああああっ！」

あの追い詰《つ》められたときの絶望と恐怖《きょうふ》。思い出しただけで体が震《ふる》え、身の毛がよだつ。

「許さねえ、絶対に許さねえからなああああっ!!」

仲間への復讐《ふくしゅう》を誓《ちか》っていると、遠くの空に小さな白い点が見える。

フェイトフォーが迎《むか》えに来たのか。食欲に負けたフェイトフォーに見捨てられた恨《うら》みはあるが、状況《じょうきょう》を理解していなかったようだから勘弁してやる。

だが、アイツらは許さん。絶対に許さんぞ！　アクセルの街に戻ったら覚悟しておけ。

8

「すまなかったな、ダスト。これは俺達からの詫《わ》びだ、受け取ってくれ」

　ギルドに入ってきた俺を見付けると、こちらが口を開くよりも早くテイラーがそう切り出してきた。

「謝ればすむって問題じゃ……ねえ……なんのつもりだ？」

　机に置かれた袋《ふくろ》をちらっと覗《のぞ》き見すると、結構な量の金が入っている。

「お前が全部受け取っていいぜ。その金で女遊びでも博打《ばくち》でも好きなだけ楽しんでくれ」

「今日ばかりは目をつぶってあげるから」

「お、おう？」

　仲間の優《やさ》しい対応に驚き戸惑《とまど》い、怒《いか》りがすっと引いていく。

　これだけの金があれば借金を返しても、数日は楽に暮らせる。

「フェイトフォーちゃんの世話もあたし達がやっておくから、自由に羽を伸《の》ばしてきていいわよ」

　至《いた》れり尽《つ》くせりじゃねえか。

「そこまで言うなら勘弁してやるよ。よっしゃー、綺麗な姉ちゃんに囲まれて……囲まれ……て」

　急に寒気がして、思わず身震いする。

　なんで、オークの顔が頭に浮かんだ!?　俺は今から綺麗な姉ちゃんと楽しい事……。

「あら、ダストさんお戻りになられたのですね」

背中越《ご》しに聞こえてきた声に振《ふ》り返ると、立派な巨乳《きよにゆう》を揺《ゆ》らして歩み寄ってくる受付《うけつけ》嬢《じよう》ルナの姿が——

「ひいいいっ！」

「えっ、どうしたんですか⁉」

豊満な胸を目撃して、なぜか悲鳴がこぼれる。

「あっ、いや。その、なんだ、悪い近寄らないでくれ」

「は、はあ？」

納得《なつとく》していない表情でルナが立ち去る。

ど、どうしちまったんだ俺は。あの胸を見ていると動悸《どうき》が激しくなりやがる。

「顔色悪いわよ、どうかしたの？」

「だ、大丈夫だ」

リーンの顔を見ていると落ち着いてくる。

な、何だったんだ今のは。

気分を落ち着かせるために、深呼吸をしながらギルド内を見回してみる。

「んんっ？」

ウエイトレスや女のギルド職員を見ていると、また胸が苦しくなって冷や汗《あせ》が止まらなくなる。

「どうなっちまったんだ、俺の体は」

自分の胸を押さえてリーンの顔を見ると、すっと落ち着く。

……まさか。ふと、ある事に思い当たったので試《ため》してみる。

巨乳のウエイトレスを見る。動悸息切れが酷《ひど》くなった。

リーンを見る。落ち着く。

やっぱ、そういう事か。

「なんでさっきから、ちらちらこっち見てんのよ」

リーンが頬《ほお》を赤くして、怒《おこ》ったように言い放つ。

「実はな。オークに追いかけ回されたせいで、巨乳を見るとオークを思い出して気分が悪くなるみたいでよ。それでリーンを見たら気分が落ち着い……て」

ガタッと音がしたかと思うと、無言でリーンが立ち上がる。

キースは酒を手に後退《あとずさ》り、テイラーはフェイトフォーを抱《だ》き上げると席から離《はな》れた。

そこで初めて俺は失言に気づく。

「ふーん、巨乳を見るとオークを思い出して、あたしを見たら落ち着くんだ」

「あっ、そういう意味じゃねえんだって！」

「じゃあ、どういう意味なのかしら。ふふっ、うふふふっ」

杖を突《つ》き付けながら近寄るな！

貧乳《ひんにゅう》にも怯《おび》えるようになったら、どうしてくれんだよ！


「はあー、お前の側《そば》にいると落ち着くぜ」

「いきなり、なんですか。ははーん、ようやく私の魅力《みりょく》に気づいたんですね」

ご機嫌斜《きげんなな》めのリーンから無我夢中《むがむちゅう》で逃げていたら、サキュバスの店の前に来ていた。

箒《ほうき》を手に掃除《そうじ》していたロリサキュバスがいたので、近くに座り込みぼーっと眺《なが》めている。

「ああ、そうかもな」

「ど、どうしたんですか、本当に。そんなに熱い視線を注がれたら火照《ほて》っちゃいますよ」

ロリサキュバスが頬に手を当てて体をくねらせている。

出るところが出ていない、女を感じさせない体つきがオークを連想せずにすむ。

近くにいても恐怖を感じないのはマジで助かる。

「そういや、インキュバス達の方はどうなったんだ？」

「順調ですよ。同僚《どうりょう》や先輩《せんぱい》が街の案内をしています。街の様子を見て油断してくれているみたいです」

「甘く見積もってくれるならしめたもんだ」

「あっ、そういえばカズマさんが帰ってきたそうですよ。お店に戻《もど》ったバニル様が仰《おっしゃ》っていました」

おっ、修行《しゅぎょう》していたカズマが戻ったのか。旦那《だんな》とウィズと一緒《いっしょ》にダンジョンに潜《もぐ》ったらしいが、どこまで強くなったんだろうな。

どうせ冒険者《ぼうけんしゃ》ギルドで騒いでいるだろうから、カズマの奢《おご》りで酒を飲みながら冒険談でも聞いてやるか。

「んじゃ、ギルドに戻ってカズマに話を聞くとすっか」

「待ってください。私も行きます。バニル様の活躍《かつやく》を知りたいので」

「そんなもん旦那に直接聞けばいいじゃねえか」

わざわざ遠回しにカズマから聞く必要はねえよな。

「それが、『大きな商談の準備があるのだ。貴様に構っている暇《ひま》などない』と追い出されちゃったんです。でも、そんな素っ気ない態度も素敵《すてき》ですぅ」

バニルの旦那に関しては、なんでもありだなコイツ。

「大きな商談か。なんか儲《もう》け話でもあったのかね。俺も便乗したいけど、そっちは後回しでいいか。付いてきたいなら、勝手に付いてこいよ」

「はーい、勝手に付いていきまーす」


ロリサキュバスを連れてギルドに戻り、仲間達を見付ける。

リーンが軽く睨《にら》んできたが、機嫌はかなりマシになっているみたいだ。

「ただいまっと。カズマが帰ってきたって聞いたんだが」

視線をリーンとは合わせずにテイラーへ尋《たず》ねる。

「さっきカズマが帰ったとこなんだが、ダンジョンでの修行を面白《おもしろ》おかしく大袈裟《おおげさ》に語っていたぞ」

「入れ違《ちが》いかよ。酒の肴《さかな》に自慢《じまん》話を聞いてやろうと思っていたのによ」

「そりゃ、残念だったたな。そういや、カズマが明日《あした》旅立つらしくて、その前に俺達にスキルを覚えさせて欲しいとか言ってたぜ。出来るだけ多くのスキルが必要らしくて、ギルド中の冒険者に手当たり次第《しだい》声掛《か》けてたなー」

酒をあおりながらキースが変な事を口にした。

「スキルを覚えるってポイントどうすんだ？　そんなにレベル上がったのか」

「バニルさんとウィズさんにレベリング手伝ってもらって、驚くぐらい上がったとか言ってたわね」

まだ不機嫌さが残る口調で、リーンが話に加わってきた。

「冒険者はレベルが上がりやすいという話を聞いた事がある。それに、才能がないものはレベル上げが楽だとも言うな」

テイラーの発言を聞いて瞬時《しゅんじ》に納得した。

カズマはお世辞にも才能があるとはいえない実力だ。幸運と土壇場《どたんば》での頭のキレには目を見張るもんがある。だが、身体能力は……冒険者向きじゃねえ。

だからこそ、伸《の》びしろがあったって事か。

「でもさ、強くなったっていっても大丈夫《だいじょうぶ》なのかな」

リーンが心配するのも分かる。

「アクアの姉ちゃんを追うって事は、魔王《まおう》城に近づくって事だよな。下手《へた》したら一緒に乗り込むハメになったりしてな」

冗談《じょうだん》めかして言ったが、カズマのトラブルに巻き込まれる体質を考えると……笑えねえな。

カズマは今まで何度も魔王軍幹部に関《かか》わり撃退《げきたい》してきた。その悪運と実績を考えると、ガチで魔王と戦う展開が待っていても不思議じゃねえ。

「まあなんだ、手伝ってやるか。スキルぐらい、いくらでも覚えさせてやんよ」

「そうだな。それに初心者の街アクセルの冒険者が魔王討伐《とうばつ》した、なんて事になったら前代未聞《ぜんだいみもん》の快挙だぞ」

「勇者の育った街とかいって観光地になったりしてな！」

「テイラーもキースも夢見すぎだって。でも、もし、そうなったら爽快《そうかい》よね」

仲間達が顔を見合わせると笑い合いながらも、まんざらでもない顔をしている。

もし、万が一、カズマが魔王を倒《たお》したら勇者なんて呼ばれたりするのかね。

「親友として全面協力してやんよ。カズマが上手《うま》くやったら、俺も勇者のダチとしておこぼれもらえるよな！　ちやほやされたりしてよ！」

「「「ないない」」」

「お前が勇者のダチとか言っても誰《だれ》も信じねえよ」

「カズマが『そんなヤツ知りません。他人です』って言うよな」

「言いそう！」

仲間達に加えて、聞き耳を立てていたギルドの連中が便乗して騒《さわ》ぎ始めた。

好き勝手に俺の悪口を言って盛り上がってやがる。

「はんっ、カズマはそんな薄情《はくじょう》じゃねえぞ！」

「でも、前にダストがセクハラして捕《つか》まったとき、カズマに助けを求めたら『赤の他人です』って言ってたじゃねえか」

「そういや、裁判のときも他人の振《ふ》りしてなかったか？」

そう言われれば心当たりが……。

「い、いーや、あれは照れ隠《かく》しだ！　男同士の友情ってそういうところあるだろ」

「「「ねえよ」」」

「今、否定したヤツそこに並べ！　俺様の怒《いか》りの鉄拳《てっけん》食《く》らわしてやるぜ！」


目が覚めると朝だった。

ギルドの床《ゆか》の上でそのまま寝《ね》たらしく、こわばった体を大きく伸ばす。

大乱闘《だいらんとう》した後の事はあんま覚えてないが、あのまま寝ちまったのか。

「いつまで寝てるのよ。みんなもう待合所に向かったわよ」

俺を見下ろしているリーンがいた。

スカートだったら、たまらないアングルなんだが、短パンだとあんまり嬉《うれ》しくない。

「待合所って何の事だよ」

「あんたねえ……。カズマ達が乗合馬車に乗って出発するんでしょ。その前にスキル教えるとか言ってたじゃないの」

「あー、そういや、そんな話してたな」

俺は勢いよく立ち上がると、近くの壁《かべ》に立てかけていた剣《けん》を手に取る。

リオノール姫《ひめ》から授《さず》かった剣をじっと見つめる。一見ただの剣に見えるが、これは由緒《ゆいしょ》正しい魔法《まほう》剣だ。

リオノール姫の言う事を信じるなら、この剣にはとてつもない価値がある。

それを知ったうえで俺はこの剣を……。

「ねえ、何してるの。早く行かないと、カズマ行っちゃうわよ」

「分かったってての。直《す》ぐ行くぜ」

剣を腰《こし》に携《たずさ》えて、先にギルドを出たリーンの後を追った。

乗合馬車の待合所には多くの冒険者が待っていた。カズマとダクネスとめぐみんの姿もある。

それに加えてバニルの旦那と、デカい鳥のぬいぐるみもいるな。

何やら話し込んでいたが終わったようなので、冒険者を代表して一歩踏《ふ》み出して剣を突《つ》き付ける。

「――よし。それじゃカズマ、スキルを覚える用意はいいか？」

ここに居る連中と一緒に今からカズマにスキルを教えるつもりだ。

「魔王のヤツとタイマン張りに行くんだ、皆でボコボコ……じゃなくて、餞別《せんべつ》代わりに思い切り鍛《きた》えてやるからな」

「今ボコボコって言おうとしなかったか？　あと、真正面から挑《いど》んだり、タイマンなんてするつもりは無いから！　それに本命は、アクアを連れ戻《もど》しに行く事だから！」

必死になって否定するカズマだが、めぐみんとダクネスが隣《となり》でハイハイと苦笑《くしょう》していた。

あの二人は魔王とやる気満々みたいだな。

カズマは否定しているが、それでも自らアクアの姉ちゃんの後を追う危険な旅に出る、というのは正直意外だった。他《ほか》の連中も同じようで、

「旅に出るのは止《や》めた方がいいんじゃないか？」

と、引き留める声がそこら中から聞こえてくる。

「心配してくれるのは嬉しいが、今の俺はアクセルの街でも一、二を争う実力者だ。アクアも魔王も任せておけ。皆は俺の屋敷《やしき》があるこの街を守ってくれ」

格好を付けて予想外の大口を叩くカズマを見て、俺を含《ふく》めた冒険者達の顔が引きつる。

それから飛び交う罵詈雑言《ばりぞうごん》の嵐《あらし》。

バニルの旦那とウィズに手伝ってもらった卑怯者《ひきょうもの》とか、金に物を言わせたクズとか、全員に非難されてカズマがぶち切れて言い返す。

「魔王の前にお前らで肩慣《かたな》らししてやるよ！　だから覚えていないスキルを寄越《よこ》せ！　俺がカズマだ、かかってこいやああああああああ！」

収拾《しゅうしゅう》のつかない状況《じょうきょう》で放たれたカズマの発言により、全員の堪忍袋《かんにんぶくろ》の緒《お》が切れた。

俺達は武器を手に顔を見合わせると――一斉《いっせい》にカズマへと飛び掛《か》かった。


「……な、何事ですか⁉」

乗合馬車の待合所に響く、ウィズの悲鳴にも似た叫《さけ》び声。

どうにか声の方に顔を向けると、ウィズが大荷物を持ってあたふたしている。カズマに渡す物があってその準備で遅《おく》れたらしい。

普通《ふつう》の神経していたら驚くよな。この有様を見たら。

地面に横たわるのは無数の冒険者達。

カズマとの激闘の末、全員が相打ちのような形で動けなくなっていた。――もちろん、カズマも倒れている。

最弱冒険者だと甘く見ていたのは認めるが、それにしてもやるじゃねえか。

姑息《こそく》な手を使いまくっていたとはいえ、その成長っぷりに驚かされた。まさか、たった一人の冒険者にここまで俺達が翻弄《ほんろう》されるとは。

だが勘違《かんちが》いして欲しくない。

カズマ一人に全員がやられたなんて情けない結果じゃない。

何人か相手にした時点でカズマが泣きそうな顔をしていたから、手を抜いてやっただけだ。そこは強く主張しておく！

でも、これでカズマは多種多様なスキルを覚えたはずだ。

今の実力に咄嗟《とっさ》の判断力と悪知恵《わるぢえ》がプラスされたら、魔王相手でも意外とやれるんじゃねえか？

「お昼寝ですか、ダストさん」

「本当にそう見えるなら、その眼球くり貫《ぬ》いて捨てちまえ」

顔の横にしゃがみ込んで覗《のぞ》き込んでいるロリサキュバス。俺が動けないのをいいことに頬《ほお》を指でツンツン突《つつ》くな。

「何しに来たんだよ。お前もカズマ達の見送りか？」

「それもありますすけど、本命はダストさんですよ。偶然《ぐうぜん》通りかかった雑貨屋の店主さんに、これ渡《わた》しておいてくれないか、と頼まれまして」

そう言って俺の前に置いたのは一本の槍《やり》。

穂先《ほさき》があっさり取れた件で怒鳴《どな》り込みに行ったら、明日までに補修しておく、とかほざいてたが本当に直したのか。

「アルカンレティア行きの馬車が出ます。お乗りの方はお早めにー！」

出発を告げる御者《ぎょしゃ》の声にカズマ達が馬車に乗り込む。

復活した俺達は見送るために馬車の脇《わき》にずらっと並んだ。

「それじゃあ、ちょっとあのバカ連れ戻してくるわ！」

カズマの言葉に冒険者《ぼうけんしゃ》達が激励《げきれい》の言葉を返す。

気負った感はなく、いつもと変わらず仲間とお気楽な会話をしている。

このまま見送るには……一つ気がかりな事がある。カズマの武器についてだ。

カズマの腰にぶら下がっている剣は悪い出来ではないが、何の変哲《へんてつ》もない品。魔王とやり合うには心許《こころもと》ない。

俺は大きく息を吐《つ》くと、視線を自分の体へと向けた。

あの国を出てからずっと俺の腰にぶら下がっている大切な剣が目に入る。

この剣には……誰にも告げていない秘《ひ》められた能力がある。

所有者が致命傷《ちめいしょう》になるほどの魔法《まほう》を受けた際にどんな魔法でも一度だけ無効化してくれる、という能力が。

リオノール姫が国を追われた俺の身を案じて託《たく》してくれた、貴重な一振《ひとふ》りの魔法剣。

一生、肌身離《はだみはな》さずに使うつもりでいた。

だけどこれはお守りであると同時に、俺の心を隣国《りんごく》……リオノール姫に、繋《つな》ぎ止め続けている鎖《くさり》でもある。

これがある限り、俺は騎士《きし》だった過去を忘れることが出来ない。

「おいカズマ！　その剣は街で打ってもらっただけの、何の魔法も掛かってない普通の剣だろ？　念のためにこれを持ってけ！」

俺の剣を腰から外すとカズマに投げ渡《わた》す。

「それは一応魔法が掛かっている一品だ。特定の職業にしか装備出来ない、伝説級の武器ってわけでもないからカズマにも使えるだろうよ。魔王を倒したら、そいつをちゃんと返しに来いよ！」

俺が格好を付けてニヤリと笑うと、カズマが驚《おどろ》いた表情になった。

今になって俺の男前さに気がついたようだな。

そんなやり取りを見て、隣で一瞬《いっしゅん》だけ目を見開いたリーンだったが、小さく頷くとバカにするような笑《え》みを浮かべた。

「なるほどねー。万が一、カズマがそれで魔王を倒したら、その武器にはすんごいプレミアが付くもんねー。勇者が使った武器、とか。カズマー、それってダンジョンに転がってた冒険者の死体から、ダストが剝《は》いでいった物らしいから、返さなくていいからね！」

「てめえリーン！　俺の壮大《そうだい》な一攫千金《いっかくせんきん》計画を邪魔《じゃま》すんなよ！」

俺は怒《おこ》った振りをしてリーンに詰《つ》め寄ると、リーンは慌《あわ》てて逃げていく。それを追っかけている間にカズマ達の馬車は出発した。

俺達は自然と足を止め、小さくなっていく馬車を二人揃《そろ》って眺《なが》めていた。

「本当によかったの？　姫様からもらった大事な剣なんでしょ」

さっきまでとは打って変わった真剣な顔で、じっと俺を見つめるリーン。

あの剣が俺にとってどれほど大切な物だったのかを知っていながら、リーンは話を合わせてくれた。それには感謝しないとな。

今までありがとうよ、愛剣《あいけん》。今度は親友を守ってやってくれ。

「いいんだよ、槍があるからな。もう……あの剣は必要ない」

リオノール姫……過去と決別した俺には無用だから。

それに俺が持つよりカズマが持った方が、あの剣は役に立ってくれるはずだ。

「マジで魔王を倒《たお》して剣を持って帰って来たら、ボロ儲《もう》け間違《まちが》い無しってのは本当だしな」

「魔王退治なんて荒唐《こうとう》無稽《むけい》な笑い話なんだけど、カズマ達ならやってくれそうな気がするのが不思議よね」

「俺の親友だからな。さーて、アイツらが運良く魔王を倒せたとしても、帰る場所がなくなっちまったら洒落《しゃれ》になんねえからな。こっちも頑張《がんば》んねえと」

アイツらの心配ばかりをしていられる立場じゃない。

近日中に魔王軍がアクセルの街にやってくる。気持ちを切り替《か》えて、迎撃《げいげき》の準備を整える必要がある。さっき、カズマとウィズの話を盗《ぬす》み聞きしていたら、バニルの旦那《だんな》とウィズは街の防衛に力を貸してくれると言っていた。

これで戦力は大幅《おおはば》にアップだが、それでも万全《ばんぜん》とは言い難《がた》い。

今から数日で冒険者達のレベルを上げるには限界があるし、たった数日で急成長は望めない。だとしたら、どうすればいいのか……。

第二章　あのアクセルの街で攻防戦を

1

リーンと別れてから、フェイトフォーの散歩も兼《か》ねて街中をぶらぶらしつつ、防衛について考えていた。

アクセルの街は城壁《じょうへき》に囲まれているので守るのには適している。

魔王軍はおそらく正門の方角からやってくるだろう。大群を移動させるには、広大な平原の広がるそちら側が適しているからだ。

見上げた先に正門と高くそびえる城壁がある。

分厚く真新しい城壁は防御《ぼうぎょ》の要になってくれるはずだ。

それに正門付近の城壁はアクアの姉ちゃんが大水でぶっ壊《こわ》して、カズマが建て替えてくれたおかげで新築だ。老朽化《ろうきゅうか》の心配も無く耐久性《たいきゅうせい》にも問題がない。

……これは不幸中の幸い、なのか？

城壁を利用した籠城《ろうじょう》戦もありなんだが、それは援軍《えんぐん》が見込める場合にやる手段だ。

同時にベルゼルグ王国の王都を魔王軍の本体が狙うらしいから、援軍は期待しない方がいい。

となると正門の前で迎え撃《う》つしかねえよな。

魔王軍の大軍を前に心折れずに立ち向かう事が出来るか。精神面も戦況《せんきょう》に大きく作用する。そんな事を考えていると、いつの間にか街の外に出ていた。

「ついでに倉庫にでも行くか」

実は街の外に隠《かく》し倉庫を所有していて、そこにはガラクタや詐欺《さぎ》で使うアイテム、他人には見せられない物を放り込んでいた。

前にミ……なんとかの魔剣を隠していたのも、その倉庫だ。

森の中にある小さな岩をずらすと地下へと繋がる階段が現れる。以前クエストの代金代わりに依頼主《いらいぬし》から譲《ゆず》り受けた地下倉庫。

依頼主の亡《な》くなった旦那が秘密の地下室として利用していた物らしい。

鍵《かぎ》を開け中に入ると結構な広さの空間になっていて、壁際《かべぎわ》にはお手製の巨大《きょだい》な本棚《ほんだな》が設置されている。他《ほか》には安物の壺《つぼ》やバニルの旦那の顔の形をした焼き印とかも転がっている。

「だちゅと、食べものは？」

「残念ながらねえな。おっと、それは子供が読んだらダメな本だぜ」

フェイトフォーが本棚の本を抜《ぬ》き出して開こうとしたので奪《うば》っておく。

この本は前にダンジョンの隠し部屋で発見したエロい漫画《まんが》だ。書かれている言葉は俺達には理解出来なかったが、カズマだけは読むことが出来た。

どうやら母国の言葉だったらしく、何冊かくれてやるのを条件にお気に入りの本をいくつか翻訳《ほんやく》してもらった。

本棚に戻す前に開いて読んでみるが、やっぱたまんねえな。

「かーっ、やっぱエロいよな。なんちゅうか、シチュエーションが斬新《ざんしん》なんだよ。感度が何倍にも増す薬ってなんだよ。サキュバスの夢でもこんな設定見たことないぞ」

片付けるつもりが、ついつい読み込んでしまう。

「ねえねえ、お腹《なか》ちゅいた。帰ろう」

「今いいところだから、ちょっと待ってくれ。……わーった、わーったから噛《か》むな！」

俺の足に齧《かじ》り付いているフェイトフォーを引き剥がし、本を戻さずに懐《ふところ》に入れる。帰ってから部屋で読もう。

お腹が減りすぎて動く気力もなくなったフェイトフォーを背負う際に、ふと気になったので質問してみた。

「お前さんは敵と戦うとき、何をしてもらったら頑張れる？」

「おいちいご飯いっぱい食べられたら」

相変わらずの無表情で即答《そくとう》するフェイトフォー。

質問しておいてなんだが、予想通りの答えだ。

「やっぱ、ご褒美《ほうび》があるとやる気出るよな」

じゃあ、冒険者連中のやる気を出させる方法はなんだって話だ。

ご褒美か……となると、やっぱあれだよな。

思いついた作戦を実行するために、俺はとある場所へと向かった。


日が落ちる直前に冒険者ギルドへ戻ると、この街の冒険者の多くが店内にいた。

全員が不安なんだろうな。少しでも仲間の多い場所で安心したいのかもしれない。

俺は入り口近くの席で飲んでいた男だらけの冒険者パーティーに歩み寄ると、輪の中に入っていく。

「ういーっす。飲んでるか？」

「なんだ、ダストかよ。もう奢《おご》らねえからな、あっち行けしっしっ」

「おいおい、つれねえじゃねえか。せっかく美味《おい》しい話を持ってきてやったのによ」

追い払おうとした男の肩《かた》に手を置き、ニヤリと笑う。

「けっ、どうせ嘘《うそ》の儲け話や詐欺に加担しろってヤツだろ。もう、騙《だま》されねえからな！」

「そうかよ、サキュバスの姉ちゃん達に言伝《ことづて》を頼まれたんだが、まあいいや。俺だけ楽しめたら」

聞く耳を持たない連中に背を向けて立ち去ろうとすると、今度は俺の肩を力強く摑《つか》んできた。

面倒臭《めんどうくさ》そうに振《ふ》り返ると、男達が身を乗り出してこっちを見ている。

よーし、釣《つ》れた釣れた。

「まあ、話ぐらいなら聞いてやってもいいぞ」

「別にー。聞きたくないなら、言う必要ねえしなー。誰《だれ》かさんはさっき、俺を追い払おうとしてなかったか？」

「すねんなよ、悪かったって。姉ちゃん、一杯《いっぱい》持ってきてくれ。これは俺の奢りだ」

タダ酒をゲットした俺は上機嫌《じょうきげん》な振りをして、野郎《やろう》共に顔を近づけた。

「実はな、サキュバス達が街を守ってくれる冒険者にお礼の意味も兼ねて、一回分サービスで極上《ごくじょう》の夢を見させてくれるそうだ」

「マジか!? それを早く言ってくれよ。俺はちょっと用事が出来たから、よかったら手を付けてない飯を食ってくれや」

席にいた連中が全員立ち上がると、そそくさとギルドを出て行く。

フェイトフォーは俺の背中から脱出《だっしゅつ》すると、脇目《わきめ》も振らずに残された料理を平らげ始めた。

こりゃ、食費も浮いて一挙両得だな。

「それ食べたら次のに行くぞ」

「うん」

この調子でギルド中の野郎共に声を掛《か》けていく。

しばらくするとギルドの酒場から野郎の姿がほとんど消えた。

任務は完了《かんりょう》したので、仲間達のいる席へと戻る。

「あんた、何してたの？ 話し掛けられた人達がみんな出て行ったみたいだけど」

「親切心で耳寄りな情報を教えてやったんだよ」

「なんだよそれ。俺にも後で教えろよ」

「おう、いいぜ。教えるつもりだったしな」

キースは興味津々《きょうみしんしん》といった感じだが、テイラーはそうでもないか。こんな時まで堅物《かたぶつ》な男だ。もっと気楽に生きりゃいいのにな。

「何よ男同士だけで。あたしには教えてくれないの？」

「あー、女には得でもなんでもない情報だからな」

「ふーん、どうせまたエロい事なんでしょ。あー、やだやだ」

それだけである程度は察したのか、リーンがしかめ面《つら》になった。

リーンには教えるわけにはいかないよな。もしバレたら何を言われるか分かったもんじゃねえ。

ちょい不機嫌になったリーンをなんとかなだめて飯を食い終わると、リーンはフェイトフォーを連れて宿屋へと戻《もど》っていった。

初めの頃《ころ》は仲の悪かった二人だったが、最近は一緒《いっしょ》にいる事が多くなっている。こうやって夜面倒見てくれるのは、俺としてもありがたい。

「でよ、さっきの耳寄りな話ってなんだよ」

リーンがいなくなった途端《とたん》、キースが詰め寄ってくる。

「どうせろくな事ではないだろうから、俺は先に戻るぞ」

テイラーは飯代をテーブルに置くと立ち去った。

「相変わらずだな、テイラーは。うーし、じゃあ一緒に行くか」

キースの肩を抱いて上機嫌で向かった先は、もちろんサキュバスの店。


俺が触《ふ》れ回ったおかげで店は大混雑している。

「本日は特別サービスになっていますー。無料でいつもよりも数倍素敵《すてき》な夢をご提供させて頂きますので、どんな願望でも遠慮《えんりよ》無くお申し付けくださいね」

サキュバスの店長がエロい動作を交えながら、サービス内容を説明している。

鼻息の荒《あら》い連中がここぞとばかりに欲望をアンケート用紙に書き込み、赤ら顔で担当のサキュバスに渡《わた》していた。

「これか！　マジでタダなのかよ。金欠だったから助かるぜ！」

キースが意気揚々《いきようよう》と席について、アンケート用紙に向かっている。

俺が壁際に突《つ》っ立って眺《なが》めていると、すーっと隣《となり》にロリサキュバスが並んだ。

「あのー、サキュバスがこういうの言ったらダメだって分かっているんですけど、男の人って単純ですよね」

「エロは男の行動原理だからな」

呆《あき》れた顔のロリサキュバスに断言すると、苦笑《くしょう》している。

「でも、いいんですか。本当にあの夢を見させて？」

周りに聞かれたくない内容なのでロリサキュバスは背伸《せの》びすると、俺の耳に口を近づけて囁《ささや》く。

「いいんだよ。今回の目的は欲求不満の解消じゃねえからな。アイツらのやる気を最大限まで引き出すのが目的だ」

「それは分かるんですけど、本当にいいのかな……」

まだ迷っているらしく、小首を傾《かし》げて唸《うな》っている。

「お前も新しい淫夢《いんむ》についてアドバイスくれって言ってたろうが。今までに無かっただろ、この展開は」

「確かにそうなんですけど……。ちょっと罪悪感が」

この期《ご》に及《およ》んで怖《お》じ気づいてんじゃねえぞ。

他のサキュバスにも話を通しているから、問題なく計画通りやってくれるはずだ。

ご機嫌な冒険者達を眺めていると、無意識の内に頰《ほお》が緩《ゆる》む。

「くっくっくっく」

「ダストさん。邪悪《じゃあく》な顔してますよ……」

おっと、ご機嫌な気分が顔に出てしまったか。

無邪気に喜んでいるエロい顔した連中が後でどうなるか楽しみだぜ。

2

次の日。テイラー達との訓練も終わったので、サキュバスの店に様子を見に行く。

「あんな蛇《へび》の生殺しはなしだろ！　今日は最後まで見せてくれるんだよな⁉　俺のセレナさんはオークに捕《つか》まった後、助かるんだよな！」

「なんでデートの途中《とちゅう》で目が覚めるんだよ！　続きを、続きを早く！」

「なあ、あの後どうなるんだ？　夢じゃなくてもいいから、続きを教えてくれ！」

店の中はサキュバス達に詰《つ》め寄る冒険者の野郎共で満員だった。

口々に「続きを」と連呼している。

「ちょっ、ちょっとダストさん！」

俺を目ざとく見付け出したロリサキュバスが、服の袖《そで》を引っ張って部屋の片隅《かたすみ》まで連れて行く。

「大盛況《だいせいきょう》じゃねえか」

「おかげさまで……じゃないですよ！　今朝からひっきりなしにお客様がやってきて、続きを見せてくれって！」

ロリサキュバスは思わぬ反響《はんきょう》に戸惑《とまど》っているようだが、俺としては予想以上の展開に思わずニンマリしてしまう。

「画期的だったろ。連続長編物の淫夢ってのは」

「それは認めますよ。夢はお客様にスッキリさせるのが目的ですから、普通《ふつう》は一つの夢で完結するんですけど、まさか盛り上がるシーンで終わらせてお預け状態にさせるなんて思いもしなかったです」

そう、ヤツらはエロい夢の最中、スッキリする直前で夢が終わってしまったのだ。そうなるように俺が仕向けた。

「でも、凄《すご》い効き目ですよね。やっぱり、この本の内容凄いですよ」

ロリサキュバスが取り出したのは一冊の本。

昨日俺がサキュバス店にレンタルした大量のエロ漫画《まんが》。その中の一冊だ。

あの漫画の数々はカズマの国で普通に売られている物らしく、

「俺の国は、エロに関してはかなりこだわりがあるんだよ。どんなマニアックな欲望にも対応しているんだ。他《ほか》の国からはヘンタイなんて呼ばれるぐらいだからな」
との事らしい。実際、絵だっていうのにエロくて色気もあったし、カズマに翻訳《ほんやく》しても
らった文章は独特な表現で「らめぇー」とか意味不明なんだが、股間《こかん》に響《ひび》くんだよな。
それを元に野郎共が好きそうな内容をチョイスして、映像をリアルにした夢を流した結
果がこれだ。
「分かってるとは思うが、今日の夢も次に続くようにしておけよ。先が気になる展開にし
ておかないと意味がねえからな」
「あんまりじらすと暴れられそうで怖《こわ》いんですけど……」
そこは上手《うま》くあしらってもらうしかない。
「あと、もう一つ心配事があるんですよ。何人かのお客様が早く夢の続きが見たいからっ
て、今から昼寝《ひるね》するから見させてくれ、と懇願《こんがん》してきて困っているんです」
「それも想定内だ。お前にはまだ伝えてなかったが、他の連中にはあしらい方を伝授して
おいた。ほら」
俺は近くの席でサキュバスと話している冒険者《ぼうけんしゃ》を指さす。
瞬時《しゅんじ》に俺の言いたい事を理解したロリサキュバスは、耳に手を当てて聞き耳を立てて
いる。

「今から馬小屋で昼寝するから、昨日の続きを頼《たの》む！　ハニーがゴブリンの住む洞窟《どうくつ》に連れ去られそうになっているところで目が覚めたから、気になってしょうがないんだ！」

「お客様、頭を上げてください。申し訳ありませんが、サキュバスの力は日が昇《のぼ》っている時間は弱まるので無理なのですよ。それにこんな時間に寝ても眠《ねむ》りが浅すぎて、夢の途中で目が覚めてしまいます」

「そ、そうか……」

肩《かた》を落として露骨《ろこつ》に残念がっているな。

気持ちは分かる。あのエロい本はストーリーも面白《おもしろ》いのが多くて、俺も朝から晩まで夢中になって読んじまったからな。いいところでお預けを食《く》らったら、ああなっちまうのも、無理はない。

……まあ、そう仕向けたのは俺だけど。

「本当に面白いですからね、あの頂いた本は」

「おい、別にくれてやってないぞ？　あくまで貸しただけだからな。そこんとこ勘違《かんちが》いすんなよ。ちゃんと後で返せよ？」

「……それはともかく、私達サキュバスにとってエロと面白さが同居する本は最高の娯楽《ごらく》ですからね。皆、すっごくハマっていて、仕事関係なしで読みふけってますよ」

エロい格好でエロい夢を見せるのが生きがいの種族にしてみれば、あの本はたまんねえよな。そりゃ、夢中にもなるか。

この調子で夢を引き延ばして、期待値をグングン上げてもらわねえと。

俺達がそんな話をしている間も、さっきの冒険者はまだサキュバスに食い下がっていた。

「夢の方はなんとも出来ませんが、今回の防衛戦で活躍《かつやく》された方には、お店から特別なプレゼントをご用意しています」

「そんなのあるのか⁉　何をくれるんだ？」

「活躍された上位の冒険者には、なんと、このお店の年間無料券を差し上げます」

「うおおおおっ、そりゃ頑張《がんば》らねえと！」

その一言でさっきまでの不平不満が吹《ふ》き飛んだらしく、雄叫《おたけ》びを上げて気合を入れている。

他の連中もプレゼントの内容を知ったようで、同じようなリアクションをしていた。

「では、レベルと現在の経験値を確かめるために、ギルドカードを拝見してもよろしいでしょうか？」

「えっ。魔王《まおう》軍が来る直前じゃなくて今なのか？」

「はい。今調べて魔王軍撃退《げきたい》後と比べさせてもらいます。何か不都合でも？」

考え込んでいる。

「全然！　さあ、調べるなりメモるなり好きにやってくれ」

サキュバスと冒険者のやり取りを眺めていたロリサキュバスが、顎《あご》に手を当てて何やら考え込んでいる。

「あのー、今ギルドカードを調べたら不正をする人が出ませんか？　魔王軍と戦う前にモンスターを倒《たお》してレベル上げしたり」

「出るだろうな、そういうヤツは」

「ダメじゃないですか。狡《ずる》いのはいけませんよ」

腰《こし》に手を当てて、ロリサキュバスが怒《おこ》っている。

曲がりなりにも悪魔のくせに、そういうのはダメなのか。

「いいんだよ。お前さんは、そもそもの目的を忘れてないか？　少しでも戦力アップさせようとコイツらのやる気を出させるために、色々小細工やってんだぞ。真面目《まじめ》にレベル上げしてくれるなら、望み通りだっての」

「なるほど。夢の続きが気になる状態でじらして、続きが見たかったらぐっすり眠れるように体を動かすように促《うなが》す。そして、レベル上げをしたらご褒美《ほうび》があるとエサをちらつかせて。……うわぁ、引くぐらいにずる賢《がしこ》いですね」

「素直《すなお》に褒めろよ。策士と呼べ、策士と」

そこは俺の作戦の素晴らしさに感心する場面だろ。なんで、一歩引いてんだよ。

これで戦意向上とレベルアップが見込めるようになった。少しは勝機が見えてきたんじゃねえか？

「ところで、あれからインキュバスはどうなったんだ？」

「害にもならない場所へ連れ回して、最後にこのお店に案内したら『こんなふぬけた冒険者ばっかなら余裕《よゆう》じゃね？』と思いっきり油断して帰りましたよ。私達が魔王軍襲撃《しゅうげき》時には骨抜きにしておきます、って言ったら信じちゃってました」

「なかなかやるじゃねえか。前から出来る女だとは思ってたんだよ」

「ふふ、これぐらい大したことないですよー」

とか謙遜《けんそん》しながらも、その顔はもっと褒めてと催促《さいそく》している。

その顔が若干《じゃっかん》ウザいが、サキュバス達には頑張ってもらう必要があるからな。ここでご機嫌《きげん》を取っておくか。

「よっ、サキュバス一の切れ者！　出るところも引っ込んでるナイススタイル！」

「もう、ダストさんってば褒めすぎですって。……あれっ？」

違和感《いわかん》に気づきそうになっていたロリサキュバスを褒め倒し、上機嫌になったところで店を出た。

これで魔王軍が油断して、冒険者達が奮起してくれればいいんだが。

3

あれから二日後、俺達はアクセルの街から離《はな》れ、上空から偵察《ていさつ》をしていた。

「なんで、野郎《やろう》を乗っけて空の散歩なんだよ。むさ苦しいな。ちょっと降りろよ」

「この高さから降りたら死ぬわ！　お前だけが被害者《ひがいしゃ》じゃねえんだぞ。俺だってダストと二ケツなんて願い下げだ。でもよ、お前以外はフェイトフォーを上手く操《あやつ》れねえんだから我慢《がまん》しろよ。それに《千里眼》持ってんの俺だけだしな。お前だけが不満だと思うなよ」

俺の腰にしがみついて恐《おそ》る恐る地上を覗《のぞ》き見しているくせに、悪態をつく余裕ぐらいはあるみたいだ。

どうせ飛ぶなら本当はリーンを乗せたかったが、キースのスキルが必要だったので渋々《しぶしぶ》このチョイスになった。

仲間でフェイトフォーに乗った事がないのは、これでテイラーだけになったんだが、飛び立つ前にじっとこっちを見て、

「キースは乗れるんだな。いや、別にいいんだが」

と呟《つぶや》いていたのを聞き逃《のが》さなかった。しゃあねえから、今度乗せてやるか。

ただ、アイツは図体《ずうたい》がデカいからな。フェイトフォーが嫌がらないといいんだが。

「しっかし、フェイトフォーがホワイトドラゴンだったのにも驚かされたけどよ、マジでお前が噂《うわさ》の天才ドラゴンナイト様だったなんてな。目の当《ま》たりにしてんのに、今でも信じられねえぜ」

後ろからじろじろ見るな。男に見られても嬉《うれ》しくねえ。

「はっ、隠《かく》しきれない天才のオーラを見抜けなかったのかよ」

「どす黒くて濁《にご》ったオーラしか出てないだろうが。おっと、下の方に何か見えるな」

罵《のの》り合いを受けて立つつもりだったがキースは急に黙り込むと、真面目な顔で眼下を覗き見ている。

俺も釣《つ》られて同じ方向に視線を向けると、地面の上に無数の点がかすかに見えた。

「もうちょい、高度下げるか？」

「大丈夫《だいじょうぶ》だ。《千里眼》でなんとか……うおっ、あー、こりゃきっついな」

それが何か判別可能なキースが一人でぶつくさ言っているが、情報が何も伝わってこない。

「おい、分かるように説明しろよ」

「あーすまん。あれは魔王軍のモンスター達だ。数は多すぎて数えられねえが、ギルドで想定していた数の四、五倍は覚悟《かくご》した方がいいぞ」

インキュバスに偽《にせ》の情報を摑ませたはずなのに、これほどの戦力を送り込んでくるのかよ。指揮官が優秀《ゆうしゅう》なのか、それとも元はもっと膨大《ぼうだい》な数だったのに、これでも減った方なのか。

「おいおいおい、マジかよ。初心者冒険者の街なんかに本気出すなよ、大人げない連中だぜ。ちなみにモンスターの種類は分かるか？」

「んー、スケルトンっぽいのが多いみたいだぜ。他はコボルトとかゴブリンとか、種族はバラバラに見えるな。列が長すぎて後ろの方はよく見えねえ。一応、それなりに知力がある二足歩行のモンスターを集めているみたいだ。進行速度はそんなに速くねえけど、この調子だと明日《あした》の昼にはアクセルの街に着くんじゃねえか」

猶予《ゆうよ》はたった一日かよ。

もう少し低く飛んで情報を集めたいところだが、見つかったら厄介《やっかい》な事になる。

「こういう時に、めぐみんがいてくれたら爆裂《ばくれつ》魔法でかなり削れるんじゃないか？　肝心《かんじん》なときに限っていないなんてよ」

「あの無駄《むだ》火力が役に立つ絶好の場面か。本人が知ったら、きっと悔《くや》しがるぞ」

爆裂娘《むすめ》がこの場にいたら嬉々《きき》として上空から爆撃していたはずだ。

無い物ねだりをしてもどうしようもないが惜《お》しい。

「他《ほか》に爆裂魔法を撃《う》てそうなヤツもいな……い。あっ！　いるじゃねえか、もう一人爆裂魔法を撃てるのが！」

俺が叫ぶとキースもそれが誰《だれ》か思い当たったようで、手を打ち鳴らす。

「「ウィズ！」」

意見が一致《いっち》した俺達はフェイトフォーを操り、速攻《そっこう》でアクセルの街へと戻《もど》った。


「あのー、お手伝いしたいのはやまやまなのですが、魔王軍幹部をやっているので目立つわけにはいかないんです。すみません」

フェイトフォーを背負って魔道具店に入り、開口一番ウィズに爆撃を頼んだら、申し訳なさそうに謝られた。

「ちょっと待ってくれ。幹部って旦那《だんな》の事じゃ？」

「買い物もせずに何を言い出すかと思えば。そこのポンコツ店主の言っている事に間違《まちが》いはない。それでも、一応は魔王軍幹部だ。おまけに人間ではなくリッチーだ」

あっさりと正体をばらしてくれたバニルの旦那の言葉に思わず耳を疑う。

魔王軍の幹部ってのにも驚《おどろ》いたが、リッチーってあれだよな。アンデッドの王とも呼ばれる強力なモンスター。

「嘘《うそ》だろ。この街では珍《めずら》しくまともな神経をしていて、土下座したら胸の一つぐらい揉《も》ませてくれるおっとり系の美人だと思ってたのによ！　くそっ、騙《だま》された！」

魔王軍のスパイがこんなにも身近にいるなんて思いもしなかった。

「ち、違うんです！　私は魔王城の結界の維持《いじ》を頼まれているだけで、争いには関《かか》わらない約束なんです。だから、皆《みな》さんと敵対する気もありま……。えっ、私って土下座したら胸を揉ませそうな、ちょろい女に見えているんですか!?」

必死になって言い訳をしていたウィズが急に不機嫌《ふきげん》になっている。

ウィズが魔王軍幹部だと知った今、その言葉を素直に信じていいのか。

「どこからどう見ても、ちょっと褒《ほ》めたら調子に乗る、行き遅《おく》れ独身アンデッドではないか。チンピラよ安心して構わんぞ、さっきの発言に嘘偽《いつわ》りはないのでな。お互《たが》いに干渉《かんしょう》しない約束で幹部の座を引き受けたらしい」

バニルの旦那は棚《たな》の清掃《せいそう》を続けながら、振《ふ》り返りもせずに答えてくれた。

ウィズの正体や話の内容も気になるんだが、それよりも旦那の格好だ。

いつものスーツとは違いステテコにサンダル、それに肌《はだ》シャツ。おまけに定番の仮面があるから不審者《ふしんしゃ》以外の何物でもない。

あれは突っ込まない方がいいのか、突っ込むべきなのか迷う。

だが、今それに触《ふ》れると話がややこしくなりそうなので、その疑問は呑《の》み込んだ。

「旦那が言うなら信じるしかねえか」

「ホワイトドラゴンに乗るのには憧《あこが》れがあるので、ちょっと残念です。あとでちょこっと乗せてもらってもいいですか？」

「別にいいんじゃねえか。なあ、フェイトフォー」

「うん。いつも、おかちくれるからいいよ」

「ふふ、ありがとう。いつでも、遊びに来ていいからね」

今もお菓子《かし》とお茶でもてなされているフェイトフォーがためらいなく頷《うなず》いた。

バニルの旦那とウィズに完全に飼い慣らされている。

「そやつに乗りたいのか。ふむ、それは無理ではないか？」

「バニルさん、どうしてですか？　まさか、レディーに対して体重制限で無理とか言いませんよね。最近はまともに糖質取ってませんから、かなり軽くなっているはずです」

「重さの問題ではないわ。ホワイトドラゴンは神聖属性であろう。人型のときは触れても問題はないが、ドラゴン状態だと体の表面が属性で覆《おお》われておる。そして、栄養失調店主の属性はなんだ？」

「あっ」

「リッチーってことはアンデッド。つまり神聖属性に弱い。そういやロリサキュバスも乗ったら尻《しり》が痛いって言ってたぜ」

「悪魔《あくま》でもそうなのだ。アンデッドとなると尻がヒリヒリするどころか、長時間乗ればその存在が消えてなくなる。それでも良いなら、乗ってみるがいい」

「遠慮《えんりょ》しておきます。……目立ったお手伝いは出来ませんが、私もバニルさんもこそっと防衛のお手伝いはしますので安心してください」

それを聞いて少しだけ安心した。

「ちなみに我輩《わがはい》はもう魔王軍幹部ではないぞ。残機を減らされた際に死亡扱《あつか》いで魔王との約定も破棄《はき》されたのでな。故《ゆえ》に魔王に肩入《かたい》れする理由も道理もない」

となると旦那は自由に暴れられるって事か。これは朗報だな！

「人間に死なれると良質な食事が出来ぬからな、敵対する理由はない。それにあの坊主《ぼうず》には、まだまだ儲《もう》けさせて貰《もら》わなければならん。この街の屋敷《やしき》が潰《つぶ》れると何かと困るのだ。とはいえ、タダで守るというのは商売人としても悪魔としても納得《なっとく》がいかぬが」

「じゃあ、後払《あとばら》いって事にしてくんねえか？　今は手持ちがなくてよ」

「今は、ではなく常にではないのか。まあいい。今回は非常事態だ、借金という事で後払いで構わん」

爆裂魔法で相手の戦力を削《けず》れないのは残念だが、二人が魔王軍側に回らないで手伝ってくれるだけでも良しとするか。


魔道具店を出てギルドに戻ると、いつもよりも数倍騒《さわ》がしい。

慌《あわ》ただしく酒や料理を運ぶウエイトレスが行き交《か》いしていた。

「なあ、なんでこんなに活気づいてんだ」

いつもの席に座り仲間に話し掛《か》ける。なぜか同席にロリサキュバスがいた。といっても最近ではそんなに珍しくもない光景なので気にしない事にする。

フェイトフォーは自らおんぶ紐《ひも》をほどいて、俺の隣《となり》に陣取《じんど》るとメニュー表を見ている。

「なんでもなにも、魔王軍の進行状況《じょうきょう》をルナに伝えたんだよ。それが全員に知れ渡《わた》って、この盛り上がりようだ。ギルド側も冒険者《ぼうけんしゃ》半額割り引きなんて始めてよ、飲めや歌えの大騒ぎってわけだ」

キースがいつもよりも豪勢《ごうせい》な酒の肴《さかな》を食べつつ、赤ら顔で説明をする。

なるほど。明日の激闘《げきとう》を前に英気を養ってんのか。

「じゃあ、いつもの倍食べていいの？」

半額という言葉に真っ先に反応したフェイトフォーが、上目遣《うわめづか》いで見つめてくる。

「おう、明日は忙しくなるからな。いっぱい食ってよく寝《ね》ろよ」

「うん、頑張《がんば》る」

メニューに載《の》っている料理を片っ端《ぱし》から注文していく姿に、かなりの不安を覚えるが今日ばかりは目をつぶろう。

「さーて、俺も腹一杯《はらいっぱい》食うか。ほんとはもっといい店で綺麗《きれい》な姉ちゃんはべらせたいんだが……まだ無理っぽいか」

ちょっと胸が大きめなウエイトレスが近づくだけで体が拒絶《きょぜつ》してしまう。

「おいおい、まだオークのトラウマが抜けてねえのかよ。かあーっ、女が苦手になっちまうなんて憐《あわ》れだな」

キースが肩をすくめて鼻で笑いやがった。

コイツ……張り倒《たお》してやろうか。

「そもそもが、あんな所に放り込んだお前達が原因なんだぞ！　慰謝料《いしゃりょう》払え！　このまま女嫌いになったらどうしてくれんだよ！　この年でエロとおさらばしたら何を楽しみに生きりゃいいんだ！」

「真面目《まじめ》に生きたらいいだけでしょ。でも、ちょっとは悪かったなって反省しているから、今日はお酌《しゃく》ぐらいならしてあげるわよ」

「じゃあ、私もサービスしてあげますね。はい、あーんして」

「ふぇいとふぉーもちゅる」

おっ、リーンが酒を注ぎ、ロリサキュバスが料理を口に運び、フェイトフォーが自分の前にある料理を一つ譲ってくれた。

まあ、そこまでするなら許してやってもいいか。

「ダスト、機嫌《きげん》が直ったようだな。しかし、女性に苦手意識が芽生えたというのに、その三人は平気なのか。何か違いがあるの……か……あっ。ごほんっ。あーそのなんだ、すまん。今のは聞かなかった事にしてくれるか」

テイラーは話している途中《とちゅう》で何かに思い当たったようで、急に咳き込むと視線を逸《そ》らす。

その目が何を見て判断したのか瞬時《しゅんじ》に理解したが、それを指摘《してき》するとどうなるかぐらいは俺でも分かるので黙《だま》っていた。

ていうか、もう既《すで》に一回リーンにやらかした後だからな。いくら俺でも同じ轍《てつ》は踏《ふ》まないぜ。

と俺が耐えたのに、空気を読まない酔《よ》っぱらいがパンッと手を打ち鳴らし、赤ら顔で失言してしまう。

「そっか、オークみたいに胸がねえから女を感じなくて大丈夫《だいじょうぶ》なんだな！　ぷははは、納得したぜ」

自分の言葉に受けて腹を抱《かか》えて笑うキース。

それとは裏腹に顔から表情が消えるリーンとロリサキュバス。フェイトフォーはいまいち理解していないようでキョトンとしている。

「おっ、なんだ。どうしたんだ。おいおい、酒の途中なのに引っ張んなって。なんだ、一人でトイレに行けないのか？　どうしたんだよ、怖《こわ》い顔して」

リーンとロリサキュバスに無言で腕《うで》を掴まれ、外に連れ去られるキース。

「一人戦力が減りそうだな……」

「致《いた》し方あるまい。あれはキースが悪い」

ギルドの外から魔法の炸裂音《さくれつおん》と悲鳴が響き、まばゆい光が見えたが、俺とテイラーは耳を塞《ふさ》いで目を閉じた。

少しすると機嫌がいくらか回復した二人が戻ってきた。――キースはどこにもいないが、それには触れないでおく。

「あんたらもバカな事言ってないで、今日はゆっくり休みなさいよ。明日《あした》が本番なんだからね」

「わーってるよ、明日は大忙《おおいそが》しだ。これが最後の晩餐《ばんさん》って事もあり得るからな。思う存分、飲み食いすっか！」

俺が大声で宣言したタイミングが最悪で、ちょうどギルド内が静かになっていた瞬間と重なってしまった。

結果、シーンとギルド内が静まりかえる。

「……おい、黙るなよ」

「ふざけんなよ！　俺らが気をつかって口にしないようにしていた事を、あっさり言いやがって！」

「空気読めよ、空気！　だから、てめえはモテないんだよ！」

「言《い》って良い事と悪い事の区別が付かない男って最低」

冒険者共が容赦《ようしゃ》のない罵詈雑言《ばりぞうごん》で俺を責める。

他《ほか》の連中もここぞとばかりに俺を罵倒《ばとう》し始めた。

「てめえら、言いたい放題言いやがって！　俺が穏便《おんびん》にして……あ痛っ！　誰《だれ》だ、皿投げつけやがったのは！　この野郎《やろう》、堪忍袋《かんにんぶくろ》の緒《お》がぶち切れたぞ！　ここで前哨戦《ぜんしょうせん》してやんよ。肩慣《かたな》らしにもならねえ雑魚《ざこ》共、一人残らず掛かってきやがれ！」

「「「ぶっ殺す!!」」」

俺の挑発《ちょうはつ》に乗った連中が一斉《いっせい》に襲《おそ》ってくる。槍《やり》の穂先《ほさき》にカバーを付けたまま構えると、押し寄せる冒険者の波に自ら飛び込んでいった。

4

目が覚めるとギルドの床《ゆか》だった。

「似たような事をやらかした記憶《きおく》が……」

辺りを見回すと、俺と同じように冒険者達が床で眠《ねむ》りこけている。大乱闘《だいらんとう》の後、そのまま全員が力尽《ちからつ》きたのか。

上半身を起こそうとしたら右腕《みぎうで》が重かったので顔を向けると、フェイトフォーが右腕を腕枕《うでまくら》にして熟睡《じゅくすい》していた。

起こすのもかわいそうなので、そっと腕を抜く。

窓の外を見るとまだ暗く、夜は明けていない。

よく見るとテイラーもキースも壁際《かべぎわ》で眠りこけている。リーンの姿はないのか。

俺と殴《なぐ》り合いをした連中が、そこら中に転がって幸せそうな顔で寝ている。顔を踏みつけたくなったが、ぐっと我慢《がまん》してギルドを出る。

「ふうー、さみぃな」

星の位置と空の様子から、深夜というより早朝のようだ。もうしばらくしたら、太陽も昇《のぼ》ってくるはずだ。

なんとなしに正門の方へ歩いて行くと、城壁《じょうへき》をじっと見つめている見覚えのある後ろ姿があった。

「朝も早くからどうした。しょんべんか？　一緒《いっしょ》に連れションするか？」

「あんたね……。声を掛けるにしても、もうちょっとなんかあるでしょ」

リーンが呆《あき》れ顔で振《ふ》り返る。

いつもなら、もっと罵倒するか殴るかしそうなもんだが……妙《みょう》に大人しいな。

リーンは小さく息を吐《つ》くとくるりと背を向け、後ろに手を組んで、ゆっくりと城壁沿いを歩いて行く。

俺は無言でその後ろを付いていった。

「みんなは、ダストと暴れてスッキリしたみたいね。あれだけ不安そうな顔していたのに、呑気《のんき》な顔して寝ちゃってさ」

「あの間抜け面《まぬづら》を見ていると踏んづけたくなるよな」

「ならないわよ。……あんたはみんなの緊張《きんちょう》を解くために、あんな事を言ったの？」

くるっと振り返り、下から俺の顔をじっと見つめる。

急に接近した顔に動揺《どうよう》してしまい顔が熱い。辺りが暗いから顔色の変化には気づかれてない、よな。

「そんなわけねえだろ。小さな事で騒《さわ》ぎ立てやがって。びびっているヤツらにもムカついたから、大暴れしてやっただけだ」

「ふーん、まあいっか。そういう事にしてあげるわ。結果的にはうまくいったんだし、そこは褒めてあげないとね」

リーンは俺の額を指で弾《はじ》くと、微笑《ほほえ》みながら片足で跳《は》ねるようにして後ろに下がる。

その仕草がかわいくて思わず見惚《みと》れてしまった。

「でさ、あんたはどうなの。他人の事ばっか気にしているみたいだけど」

「俺か。俺は絶好調に決まってんだろ。今日もビンビンだぜ。なんならそこの路地裏で確かめてみるか？」

「あははは、今度こそダガーで切り落とされたい？」

「ジョークだって、刃物《はもの》をちらつかせんな！」

昔、馬小屋であったひと悶着《もんちゃく》を思い出して、あそこが寒くなる。

「出会った頃《ころ》は色々あったわよね。初めて会ったときは野垂れ死んでいて」

「死んでねえよ！　お前達のピンチに颯爽《さっそう》と現れて助けてやっただろうが！」

「そうだった？　ぜーんぜん、覚えてない」

とか言いながらニヤついている。あれは完全に覚えている顔だ。

あの日から、ほぼ毎日顔を突《つ》き合わせて……牢屋《ろうや》に入っている時間は除いてだが。ずっと一緒にいた。

正直に言えば、初めはずっとリオノール姫《ひめ》の姿がちらついて、リーンにその面影《おもかげ》を重ねていたのは間違《まちが》いない。

だけど、いつの頃からか俺は姫の代わりではなく、一人の女性としてリーンを見るようになり、目が離せなくなっていたんだよな。

話し方も性格もちょっとした仕草も俺を魅了《みりよう》してやまなかった。

彼女の側《そば》にいるときは、騎士《きし》ライン・シェイカーではなく、自由を愛する冒険者ダストでいられた。それが何よりも心地《ここち》良《よ》く……嬉しかったんだ。

「何があっても、お前は必ず守ってやるよ」

大きく深呼吸をしてから、その言葉を口にした。

リーンは目を見張り、俺の顔を凝視《ぎょうし》すると「ぷっ」と笑う。

「あはははは、何似合わない事言ってんのよ。あー、おっかしい。でも、うん、まあ、少しは期待させて貰《もら》おうかな」

「ちっ、そんなに笑う事かよ」

目元の涙《なみだ》を拭《ぬぐ》っているリーンから目を逸《そ》らし、地面を蹴《け》りつける。

思い切って言ったんだがな。冗談《じょうだん》として受け取られたか。……日頃の行いって大事だよな。今、しみじみ思う。

「もう、すねないでよ。じゃあ、守ってもらうお礼の前払《まえばら》いね」

「あー、何が……んっ？」

すっと顔を近づけたリーンの唇《くちびる》が俺の頰《ほお》に触れた。

口と口ではないが生涯《しょうがい》で二度目のキス。

「えっ、おっ、リ、リーン？」

思いも寄らなかった行動に驚きすぎて、上手《うま》く舌が回らない。

「これであんたも少しはやる気が出た？」

無邪気《むじゃき》に笑うリーンの背後から太陽が昇り始める。

あの時と同じ、俺を魅了してやまない、その笑顔《えがお》。

ああ、そうか。俺はこの笑顔にやられちまったんだな。

「おうよ！　俺様の大活躍《だいかつやく》を期待してな！」


アクセルの街の正門前から少し離《はな》れた平原にずらりと並ぶ冒険者達《ぼうけんしゃ》。

この街にいるすべての冒険者がこの場にいた。

見知った顔ばかりだが、ちらほら知らない顔の冒険者もいる。

どうやら、冒険者ギルドが手を回して他の街から救援《きゅうえん》を頼み、アクセルの街の冒険者が知り合いの冒険者に声を掛《か》けまくった成果らしい。

一つの街が魔王《まおう》軍に襲撃《しゅうげき》されるとなれば、本来は国の兵士やもっと多くの冒険者が集まって当然なんだが、噂《うわさ》通り同時にベルゼルグの王都も攻《せ》められているとの情報がルナから伝えられた。

初心者冒険者の街と王都。どちらが重要なのかは……誰だってわかるよな。

つまり、ここにはこれ以上援軍が来ることはない、って事だ。

「しっかし、圧巻だな。こんだけ冒険者が集まると」

近くの木に登って味方を数えていたキースが、想像以上の多さに途中《とちゅう》で諦《あきら》めて腕《うで》を組んで感心している。

「こんな事を言っては怒られそうだが、俺は結構な数の冒険者が逃《に》げ出すのではないかと危惧《きぐ》していた。だが、誰《だれ》も逃げずに決戦に挑《いど》んでいる。街に残る、か弱い人々とアクセルの街を守ろうという、崇高《すうこう》な心意気に感動した！」

涙目で興奮気味に語るテイラーには悪いんだが、そんないいもんじゃないと思うぞ。連中の欲望にみなぎった目をちゃんと見ろよ。

「この戦いで活躍すれば、一年分の無料券がこの手にっ！　これで彼女がいなくても、一人馬小屋でアレする必要もねえ！」

「絶対に生きて帰るぞ……。今日、夢で見たあのラストシーン。続きを見るまでは死んでも死に切れん！　まさか、襲《おそ》われそうになった恋人《こいびと》の下《もと》に駆《か》けつけるシーンで目覚めるとはっ、一生の不覚！」

「今でも信じられねえ……。俺にあんな性癖《せいへき》があったとは……。屈辱《くつじょく》と苛立《いらだ》ちの中にある、あの喜びはなんなのか。それを解明するまで、意地でも生き延びてやるぞ！」

息巻いている連中の発言がアレだ。

性欲って偉大《いだい》だよな。煽《あお》っておいてなんだが、ちょいやり過ぎたかもしんねえ。

それにテイラーには悪いが俺はアクセルの街に住む連中が、か弱いだなんて思った事すらない。

「皆《みな》さーん、頑張《がんば》ってー。戦いが終わったら、たーっぷりサービスしますよー」

正門の前に集まって黄色い声で応援《おうえん》する一団はサキュバスだ。

店とは違《ちが》って露出《ろしゅつ》は抑《おさ》えめだが、それでも隠《かく》しきれない色気がにじみ出ている。

応援された野郎《やろう》共がキリッとした表情から、だらしない顔になる。分かりやすい連中だ。

そういうところ、嫌《きら》いじゃないぜ。

男の冒険者はやる気満々なんだが、残りの女冒険者はどうかというと、アイツらも闘志《とうし》がみなぎっている。

ちゃーんと女冒険者の方も俺はフォローしていた。そこは抜かりない。女共のやる気の源は俺がこの数日で流したデマが原因だ。

冒険者の世界は男性の割合が多い。そりゃそうだ。モンスターと戦う危険な日々に身を置くのだから、身体能力の高い男がどうしても有利になる。

だが、魔法やスキルにより男女の能力差が埋《う》められている。そんじょそこらの男より強い女冒険者なんてゴロゴロいるからな。

カズマのところのアイツらも平均的に見るとあれだが、一芸に秀《ひい》でている能力は他《ほか》の連中も敵《かな》わない。

とはいえ、冒険者稼業《かぎょう》は過酷《かこく》で汚《きたな》いイメージが付きまとう。男の方がそういう仕事に向いているのは間違いない。

カズマみたいにパーティーに三人も女がいるなんて例外中の例外で、うちみたいにリーンが一人いるだけでも、野郎だらけの冒険者パーティーからは嫉妬《しっと》されるぐらいだ。

それでも初心者が多いアクセルの街は他と比べて女の冒険者は多い。なんだかんだ言って夢のある職業だからな。一攫千金《いっかくせんきん》を狙うのは男も女も関係ない。

でだ。その女冒険者のやる気を出させる手段なんだが、俺はある噂話を吹聴した。

この数日、女冒険者にターゲットを絞《しぼ》って広めた噂話は、こんな感じだった。

「ここだけの話だから、他のヤツにはするなよ。カズマが嫁《よめ》を欲しがっているって知ってるか？」

「ちょっと、その話詳《くわ》しく教えなさいよ」

女冒険者が集まっていた酒の席に乱入したら、露骨《ろこつ》に嫌な顔をされて追い返されそうになったが、その話を振《ふ》ると急に対応が変わった。

「アイツは前々から危険な冒険者稼業なんてやめて、引きこもりたいって言ってただろ？」

「酔《よ》っ払《ぱら》ったときに、よくこぼしていたわね」

他のヤツらも耳にした事があるらしく、全員が小さく頷《うなず》いている。

「だから、今回魔王を倒《たお》したら冒険者稼業はすっぱりやめるらしい。となると、落ち着いた生活に憧《あこが》れるらしくてよ。ダチはめっちゃ稼《かせ》いでいるから悠々自適《ゆうゆうじてき》な毎日が待っているんだろうな。羨《うらや》ましいぜ」

「魔王軍幹部の報奨金《ほうしょうきん》だけでも凄《すご》い事になっているって噂よね……」

「ほら、前にアクアさんが壊《こわ》した城壁《じょうへき》の修理代も払いきったぐらいだし……」

「あの魔道具店の仮面を被《かぶ》った怪《あや》しい人と組んで、ボロ儲《もう》けしているって噂もあるわよ……」

女冒険者達が顔を寄せ合ってひそひそと相談している。

こりゃ、あと一息で釣《つ》り針に食いつきそうだな。

「でもさ、カズマにはあの三人がいるじゃん。嫁が欲しいなら、あの三人からじゃないの？」

まあ、そうくるよな。四人で行動する事が多いアイツらを見ていたら誰だってそう思うに決まっている。

「おいおい、冗談だろ。よく考えてみろよ。一人は爆裂《ばくれつ》魔法しか頭にない、体の凹凸《おうとつ》もねえガキ。もう一人は地位と見てくれはいいが、ド変態のクルセイダー。最後のアクアの姉ちゃんなんか、あのアクシズ教のアークプリーストだぞ。酒場で宴会芸《えんかいげい》やるか、借金こしらえるのが趣味《しゅみ》みたいな女だ。お前らがカズマの立場だったら結婚《けっこん》したいか？」

「「「……ないわね」」」

全員がそれはない、と結論づけたようだ。

実際はカズマとめぐみんが怪しいと睨《にら》んでいるが、どうなんだろうな。

「そこでだ。魔王退治に向かったカズマが上手く魔王を倒して凱旋《がいせん》したと考えてみてくれ。熾烈《しれつ》な戦いの中で心身共に疲《つか》れ果てたダチを、そっと優《やさ》しく労《いたわ》り、母性で包み込むような女がいたら……ころっといかないか？」

「あの三人は美人揃《ぞろ》いだけど、性格があれだからつけいるチャンスは……ある！」

「ワンチャン、上手くいけば玉の輿《こし》だもんね。狙《ねら》ってみる価値はあるかも！」

「カズマって女慣れしてないから、ボディータッチしながら優しくすれば、ころっと落ちる気がしてたのよ！」

「だよなー。お前さんらは、見た目も悪くねえし魅力的《みりょくてき》だと思うぜ。おまけに、自分の住む街や屋敷《やしき》を命《いのち》懸《が》けで守ってくれた、とくれば……分かるよな？　おっと、これは俺の奢《おご》りだ飲んでくれよ」

酒をぐいぐい飲ませながら、褒めておだてる。

これを他の連中にも繰《く》り返しやっていき、ギルド内の女冒険者共を焚《た》きつけていった。

結果、俺の想像以上に噂は猛《もう》スピードで拡散していき、独身だらけの女冒険者達は目の色を変える。

女冒険者だけじゃなく、ウエイトレスやギルドの女職員にまで広まったのは誤算だったが。

……今思えばやり過ぎた気もする。

「急に遠い目をしてどうしたのよ。今更《いまさら》になってびびってんの？」

「それはねえよ。ただ、遠くのダチの無事を祈《いの》っていただけだ」

すまん、カズマ。帰ってきたらなんとか頑張《がんば》ってくれ、俺は知らん。

魔王軍が迫《せま》りつつある状況《じょうきょう》で、いつまでも感傷に浸《ひた》っている場合じゃねえな。

「お、おい！　魔王軍が見えてきたぞ！」

切羽詰《せっぱつ》まった声が響き《千里眼》を所有している連中が遠くに目を凝《こ》らす。

俺の目ではまだ点にしか見えないが、スキル持ちの連中は驚愕《きょうがく》に顔を歪《ゆが》め、武器を取り落とすヤツまでいる。

「キース、どんな感じなんだよ」

「空から見たときよりも、こうやって見た方がヤベえな。マジであれに勝てるのかよ……」

一度数を確認《かくにん》しているキースですら、動揺《どうよう》を抑え切れていない。

初めて見る連中は露骨にうろたえている。俺が悪知恵《わるぢえ》を働かせて士気を上げたってのに、一瞬《いっしゅん》で無に帰りやがった。

不安が一気に伝染《でんせん》していくのが分かる。

「やっぱり、無謀《むぼう》だったのよ。私達にどうこう出来る敵じゃなかった」

「くそっ、死ぬ気で頑張るつもりだったけどよ、やっぱ怖《こえ》えもんは怖えよ……」

弱気な発言がそこら中から聞こえる。

魔王《まおう》軍が近づくにつれて、悲鳴や絶望の声が大きくなっていく。

「どうするのダスト。これじゃあ、戦う以前の問題よ。勝ち目どころの話じゃないわ」

リーンは取り乱していないようだが、俺の服を摑む手が微《かす》かに震《ふる》えている。

こんなときでも強がるところが、リーンらしさか。

「心配すんなって。こんな事もあろうかと、とっておきの手を用意しておいたぜ！」

俺が右手を勢いよく掲《かか》げ、城壁《じょうへき》の上へと目をやる。

そこには正面からの風を受けつつ、前を見据《みす》えて立つ一人の魔法使いがいた。

「おっ、あそこにいるのは、めぐみんじゃねえか！」

俺は大声を出して城壁の上を指さす。

それに釣《つ》られた冒険者《ぼうけんしゃ》達の視線が一斉《いっせい》に同じ方へと向けられた。

「遠くて分かんねえけど、あの格好は確かに頭のおかしい爆裂娘《むすめ》じゃねえか！」

「カズマと一緒《いっしょ》に魔王城に向かったんじゃ。テレポートで戻《もど》ってきたのかな？」

「でも、あれ、なんかおかしくねえか？　身長が伸《の》びているような」

予想もしなかった人物の登場に魔王軍への恐怖《きょうふ》よりも驚きが上回ったようで、冒険者共がざわついている。

俺は素早《すばや》くその場を離《はな》れて、正門裏のハシゴから一気に城壁へと登り、下から見えないように身をかがめる。めぐみんっぽい服装の人物に近づいていくと……バニルの旦那《だんな》とロリサキュバスもそこに潜《ひそ》んでいた。

「旦那と、お前もなんでいるんだよ」

「このような滑稽《こっけい》な見世物《みせもの》を見逃《みのが》すわけにはいくまい。日頃《ひごろ》の迷惑《めいわく》料として、ポンコツ店主の痴態《ちたい》を特等席でじっくり見物しようと思ってな」

「私は常にバニル様のお側《そば》にいますから」

旦那は野次馬《やじうま》でロリサキュバスはいつものストーカーか。邪魔《じゃま》をする気がないなら放っておこう。

「それでウィズ、いつまで固まってんだよ。リハーサル通りに頼《たの》むぜ」

微動《びどう》だにしない後ろ姿に話し掛《か》けると、棒立ちのまま頭だけがこっちを向く。

そこにいたのは涙目《なみだめ》で顔を真っ赤にした——ウィズだった。

「ダストさん、このスカート短すぎませんか！　私にめぐみんさんの服装はどう考えても無理ありますよね!?　それに服がきつくて、動くと破れそうなんです」

ロリサキュバスに頼んでめぐみんが着ているのと同じような服を急遽《きゅうきょ》用意してもらったが寸法が足りなかったようだ。

貼《は》り付いた服に体のラインが浮《う》き上がって、艶《なま》めかしいエロさがある。

「すみません。それしかサイズがなくて。ウィズさん、心配はいりません。そういうのも需要《じゅよう》はありますから！」

「フハハハハ、年甲斐《としがい》もなく十代の娘の服を着る、未婚のリッチーとは。これは珍しいものが見れたわ。フハハハハハ、今度その格好で客引きをしてはどうだ？」

二人の言葉を聞いたウィズが羞恥《しゅうち》でぷるぷると震えている。

「ダストさん、本当にこれをやらないとダメなんですか？　もっと他に別の方法があったのでは」

「そんな格好までしておいて、今更何言ってんだよ。ウィズが魔王軍に正体がバレたくないなんて言うから変装用の服を用意したんだろうが」

「確かにそう言いましたけど、でもこれは……」

改めて自分の服を確認して怖《お》じ気づいたらしい。

その気持ちは分からんでもない。正直に言えば似合ってないからな。でも、妙《みょう》な背徳感があって、これはこれでありだ。

「悪いんだが迷っている暇《ひま》はねえぞ。敵は刻一刻と近づいてんだからよ」

「で、ですが」

まだ迷いがあるらしく、スカートの裾《すそ》を押さえながらもじもじしている。

羞恥に悶《もだ》えるこの状況をもっと楽しみたいところだが、魔王軍が迫り来る状況で呑気《のんき》に見物している時間はない。

「いいか、ウィズ。あの大群に爆裂魔法をぶち込めば大ダメージを与《あた》えられるのは分かるよな？　でもよ、このアクセルの街で爆裂魔法を使えるのは、めぐみんとウィズしかいない。だから、爆裂魔法を撃《う》てばどっちかって事になっちまう。そこで、敵と味方に誤認《ごにん》させるために、わざわざ変装をさせたんだぜ？」

「それは承知しています。でも、本当にあれを言わないとダメですか……」

「おうよ。あれがないと始まらないだろ。ためらっている時間はねえんだって。ほら、もう直《す》ぐそこまで魔王軍がきちまってる」

俺が指さす方角には、無数のモンスターの群れが迫っていた。

それを見て踏《ふ》ん切りが付いたのか、大きく深呼吸をして手にした杖《つえ》を前方へと伸ばす。

「わっ、我が名はめぐみん！　紅魔族《こうまぞく》の……えっと」

途中《とちゅう》で言葉に詰まったウィズがチラリとこっちを見る。

バニルの旦那はこの展開を見抜《みぬ》いていたのか、セリフを書き込んだカンニングペーパーを取り出して、ウィズに見えるよう突《つ》き付ける。

「バニルさん、ありがとうございます。ごほんっ。紅魔族随一《ずいいち》の商才無き無能者にして、同居人に迷惑をかけ、行き遅《おく》れを極《きわ》めし者！　……あれっ、本当にこれで間違《まちが》ってませんか？」

旦那、どさくさに紛《まぎ》れて滅茶苦茶《めちゃくちゃ》言わせているな。

「そんな事より、早く撃つがいい。待ちかねておるぞ」

「は、はい。『エクスプロージョン』っ!!」

ウィズの放った魔法はまばゆい光を放ち、魔王軍の中心部へと着弾《ちゃくだん》して轟音《ごうおん》を響かせる。

巻き上がる爆煙と粉塵《ふんじん》、そして豪快《ごうかい》に宙を舞《ま》うモンスター達。

「うひょー、さすがウィズだぜ。これで四割ぐらい削《けず》れたんじゃねえか」

たった一撃《いちげき》でこれほどの被害《ひがい》を与えるとは、ネタ魔法と呼ばれている爆裂魔法も使いようだよな。

「なんとかうまくいったみたいですね。あとはバニルさんと一緒に姿を隠《かく》しながら戦力を削ってきます」

「この滑稽な見世物の代金分ぐらいは働いてやるとしよう。チンピラ冒険者との契約《けいやく》もあるのでな」

「期待しているぜ、お二人さん」

ウィズは城壁の隅《すみ》に置いてあった私服を拾うと城壁から飛び降りた。続いて旦那も後を追うように姿を消す。

「じゃあ、私もバニル様のお手伝いを、って、なんで腕《うで》掴むんですか。放してください、バニル様に追い付けなくなるじゃないですか！」

一瞬のためらいもなく後に続こうとしたロリサキュバスを捕獲《ほかく》する。

「お前さんは、そっちじゃなくてこっちを手伝ってくれ」

「嫌《いや》ですよ！　私はバニル様と一緒にいないと動悸《どうき》、息切れ、目眩《めまい》がするんです！」

「それは間違いなく病気だから医者に行け。ほら、下らない事を言ってないで付いてこい。ちなみに拒否権《きょひけん》はねえ」

強引《ごういん》に引っ張るとあっさりと抵抗《ていこう》をやめた。

そして、なぜか頰《ほお》を赤く染めながら大人しく付いてきている。

「もうっ、横暴ですよ。でも、そういう強引なのは嫌いじゃないです」

「てめえの性癖《せいへき》は知ったことじゃないが、お前の力が必要なんだよ。他《ほか》のヤツには頼めない事なんだ」

俺がそう言うと、うつむき何か考える素振《そぶ》りをしてから顔を上げるロリサキュバス。

そして何を思ったのか、じーっと俺の顔を凝視《ぎょうし》している。

「他の人には頼めない、私にしか出来ない事なんですか？」

「ああ、そうだ。お前にしか頼めない」

「そこまで言うなら分かりました！　特別にダストさんのために頑張《がんば》っちゃいますよ」

急にご機嫌《きげん》になると無い胸を張ってドンと叩《たた》き、俺を引っ張って走り出す。

いきなりやる気になった理由が分からないが、説得する手間が省けて助かったぜ。

5

「ちょっとおおおおっ、話が違うんですけどおおおおっ!?　寒い、お空の上寒い！」

「何言ってるか、よく聞こえねえよ！」

後ろの方から微かに響《ひび》いてくる悲鳴に大声で返事をすると、「嘘《うそ》つきいいいぃ」という声がした。

振り返ると腹にロープを巻かれたロリサキュバスが、風圧で酷《ひど》い顔になりながら文句を叫《さけ》んでいる。腹のロープの先は高速で飛ぶフェイトフォーの尻尾《しっぽ》に結ばれていて、ロリサキュバスは自力では飛ばずに、ただ浮《う》かんで引っ張られているだけだ。

「ちょいと、速度落としてくれ」

フェイトフォーの首筋を撫《な》でながら頼むと、体に掛かる風圧が弱まり風の音が静かになる。

「私にしか頼めないって言ったくせに、なんでこんな事するんですかっ！　そうやって甘い言葉で女を騙《だま》して、利用するだけ利用してボロ切れのように捨てるんですねっ！」

「何の話だよ。仕方ねえだろ。フェイトフォーの正体を知っていて、空を飛べるヤツなんてお前だけだ。他のサキュバスには頼めなかったんだよ」

「それなら、せめて前回みたいに後ろに乗せてくださいよ。なんで、凧《たこ》みたいな扱《あつか》いされているんですか！」

腕を組み空中であぐらをかいて、怒《おこ》っているアピールをしている。

……実は余裕《よゆう》あるよな。

「縛《しば》ってないと逃《に》げ出すだろうが。それにしても、どいつもこいつもなんでフェイトフォーに乗りたがるんだ」

「そんなの決まっているじゃないですか。乙女《おとめ》の憧《あこが》れは白馬の王子様が定番ですけど、そのワンランク上が白竜《はくりゅう》に乗ることなんです！」

「そういうもんかね」

俺にしてみれば何の特別感もない日常なんだが、自称《じしょう》乙女には違うらしい。

「誘拐《ゆうかい》についてはもういいですけど、私は何をすればいいんですか？」

「誘拐ってお前な……。頼みたい事は一つだけだ。下の連中に嘘の情報を流してきてくれ」

俺達の眼下には魔王軍が率いる無数のモンスター。

ヤツらにバレないように、かなり高い場所から覗《のぞ》き見しているので、点がうごめいているようにしか見えない。

「潜入《せんにゅう》任務ですか。女スパイっぽいですね。でも、どんな嘘を？」

「まず、さっきの爆裂《ばくれつ》魔法で魔力を消耗《しょうもう》して今は回復中だと伝えてくれ。後数分でまた爆裂魔法が飛んでくるってな」

「……それになんの意味が？」

「あのな、集団戦ってのは数が物を言う世界なんだよ。大群が一気に押し寄せてきたら、どんな屈強《くつきよう》な戦士でもやられちまう。こっちは数で圧倒的《あっとうてき》不利な状況《じようきよう》だ。そこで、どうやったら勝てるか分かるか？」

「すっごく強い人に頑張ってもらう！」

子供が考えつきそうな事を、よくもそんなに堂々と言えるもんだ。

だけど、一概《いちがい》に間違いとは言い切れない。この世界は圧倒的な力で蹂躙《じゆうりん》するヤツも存在するからな。ミ、なんとかかいうイケメン魔剣《まけん》使いもその類《たぐ》いだ。

「そんなヤツがここにいたら楽なんだけどな。いないのはどうしようもねえ。となると、集団を崩《くず》して各個撃破《げきは》すりゃいいんだよ。そのための嘘だ」

「えっと、爆裂魔法がまた飛んでくる……となったら、ああっ！　集まっていたら絶好の的ですもんね！」

ようやく理解してくれたようで、手を打ち鳴らして感心している。

爆裂魔法で損害を与えるのが第一の目的。だが、それはただの伏線《ふくせん》だ。本命はこっちで、命令系統が繋《つな》がらない状態にすれば勝ち筋は見えてくる。

「別に敵を全滅《ぜんめつ》させる必要はねえんだ。モンスターってのは頭が悪くて本能で動いているのも多いだろ。そういう輩《やから》は魔法で味方が吹《ふ》き飛ばされたのを見て、完全に怖じ気づいているはずだ。そこでバラバラになって各自で考えて行動しろ、なんて言われたら、お前さんならどうする？」

「……逃《に》げるかも」

「そういうこった。たぶん、これで結構な数が戦線を離脱《りだつ》する。そこを狙《ねら》えば、なんとかなりそうじゃねえか？」

「ダストさんって、本当に悪知恵《わるぢえ》が働くというか、小狡《こずる》いというか……」

「褒めんな、褒めんな」

「いや、褒めてないんですけど。……じゃあ、悪徳軍師に従って頑張って嘘ばら撒《ま》いてきますね」

「おう、頼んだぜ。でも、無茶《むちゃ》はすんなよ。ヤバいと思ったら直《す》ぐに逃げて戻《もど》ってこい」

「はーい」

手を振《ふ》りながらロリサキュバスが地上へと降りていく。

上手《うま》くやってくれるのを祈《いの》るしかない。

「さーてと、こっちはこっちでやる事はやらねえとな。なあ、相棒」

フェイトフォーの首筋を撫でると、気持ちよさそうに目を細める。

背中に担《かつ》いでいた槍《やり》を手に取り、正面を見据えた。

こっちへ真っ直ぐに向かってくる何かが数体。目を凝《こ》らしていると、それが以前に会ったインキュバス達だと判明した。

「ちぃーっす。真っ白いドラゴンってマジヤバくね？　超《ちょう》アゲアゲだったのに、萎《な》えるわー。アッレーあの時の軽薄《けいはく》なお兄ちゃんじゃん。これはドゥーユー事なのかな？」

相変わらず、ウザい話し方だ。

口調は変わらないが目つきは別人だな。完全に俺を警戒《けいかい》している。

「お久しぶりじゃねえか。元気してた？」

「めっちゃ元気ー！　じゃなくて、真面目《まじめ》に答えて欲しいなー、みたいな？」

口調は変わらねえが、ドスの利《き》いた声になりやがった。

「答える必要はねえな。だって、お前らはここで聞いた話を誰《だれ》にも話せなくなるから無駄《むだ》だろ？」

「おー、言ってくれるねえ。俺達が普段《ふだん》おちゃらけているからって甘く見るのはダメダメだよー。こう見えてもうちらのシマじゃ武闘派《ぶとうは》としてブイブイ言わしてたんだぜ。なあ、お前ら！」

「「俺達最強！」」

全員が折りたたみ式の槍を取り出し穂先《ほさき》を俺に向けて、一斉《いっせい》に襲いかかってきた。

「何言ってんだ、最強は俺達だっての！」

「ぐるおおおあああっ！」

俺の言葉に応《こた》えるようにフェイトフォーの口から火炎《かえん》が吐《は》き出される。

放射線状に広がる炎《ほのお》が前方にいたインキュバスを数体呑《の》み込んだ。炎に巻かれた連中が声も上げずに地上へと落下していく。

「ヤベえぞ、散開して取り囲め！」

慌《あわ》てて方向転換《てんかん》をしているが隙《すき》だらけだぜ。

フェイトフォーがその場で半回転する勢いを利用して槍を振《ふ》るう。

その一振りで右側面の二体を切り落とし、フェイトフォーの尻尾《しっぽ》が左の三体を吹き飛ばす。たった一回の攻防《こうぼう》で敵の半分以上が戦闘《せんとう》不能となった。

「おいおい、嘘だろ！　なんなんだ、この強さは！　人間ごときがドラゴンを手足のように操《あやつ》ってるのか!?」

当たり前だ。俺とフェイトフォーは一心同体だからな！

「戦闘中に驚《おどろ》くのは勝手だが、そんな暇《ひま》なんてねえだろ」

フェイトフォーが大きく羽ばたき、正面の敵に高速で接近する。

驚いて無防備な姿を晒《さら》している連中の胸元《むなもと》を槍が次々と貫《つらぬ》いていく。

我《われ》に返った連中が慌てて槍を構えるが、遅《おそ》い！

空中での機動力の差を見せ付けて後ろに回ると、抵抗するチャンスすら与《あた》えずに倒《たお》していく。

「これだけの時間で、俺の仲間が全員……。う、そ、だ……マジパネェ」

最後の一体が驚愕《きょうがく》で見開いた目を俺に向け、ゆっくりと地面へと落ちていった。

槍を振るい、穂先についた血を払う。

「まずは片付いたか……おいおい、追加注文はしてねえぞ」

空中の部隊はインキュバスだけだと思いたかったが、現実はそんなに甘くない。

睨《にら》み付ける先にはハーピー、マンティコアといった翼《つばさ》を備えたモンスターの一団がこっちに向かってきている。

「相棒、端《はし》から全力でぶちかますぜ！」

「ぐおおおおう！」

相手がこちらに気づく前に、俺達は風を切り裂《さ》き突撃《とつげき》していった。

「はあっ、はあっ、ふううう。やれば、出来るもんだな」

相手の戦闘態勢が整っていない状態でかき乱し、なんとか撃退出来たがかなり体力を消耗した。このまましばらく休んでいたいぐらいだ。でも、そんな事は言ってられない。

「アイツらの様子はどうだ」

他《ほか》に空を飛んでいる敵がいないのを確認《かくにん》してから高度を落とす。

上空から見る限りでは戦況《せんきょう》は悪くない。

魔王《まおう》軍はロリサキュバスが吹聴《ふいちょう》しているデマを信じたのか、密集していた陣形《じんけい》は大きく広がってしまっていた。更《さら》に混乱のどさくさに紛《まぎ》れて、モンスターの一部がアクセルの街とは逆の方向に逃げ出している。

「それでもまだ戦力で負けてるのかよ。……おっ、あっちはかなり優勢にやっているみたいだな」

敵陣の東側では謎《なぞ》の光が飛び交《か》い、小さな爆発《ばくはつ》がいくつも見える。

まずは戦況の確認が必要だと判断して近づいてみると……そこでは一方的な蹂躙がおこなわれていた。

「なんだ、この妙《みょう》な仮面を着けた土の人形は!?　お前ら、そいつにくっつかれるなよ！　自爆してくるぞ！」

無数の小さな土の人形が戦場を小走りで駆《か》け回り、手当たり次第《しだい》にモンスターに抱《だ》きついては爆発している。

「クソが、舐《な》めた仮面被《かぶ》りやがって！　抱きつかれるのがダメなら、ぶっ潰《つぶ》せばいいじゃねえか！」

「バカ野郎《やろう》、やめろっ！」

足下に接近してきた土人形に棍棒《こんぼう》を叩《たた》き付けるモンスター。攻撃《こうげき》が当たった瞬間《しゅんかん》、土人形は棍棒もろとも爆発した。——攻撃したモンスターも巻き込んで。

「こいつらは足が遅い。距離《きょり》を取って遠距離から潰せば……。つ、冷てえ！　お、おい足が動かねえぞ！」

「嘘《うそ》だろ、地面に足が貼《は》り付いてやがる！　くそっ、どうなってんだ」

その場から離《はな》れようとしていた連中が、上半身だけを必死に動かしてもがいていた。

「あれは……氷か？」

広範囲《こうはんい》の地面が妙にキラキラしていると思ったら、地面に張られた氷が太陽の光を反射しているのか。そして、その氷がモンスターの足と地面を接着しているようだ。

「こんな事が出来るのは……決まってるよな」

あの土人形はたぶんバニルの旦那《だんな》が作った物だ。以前、そういう人形を作って洞窟《どうくつ》を守らせていたのを知っている。

地面の氷はウィズの魔法だろう。現役冒険者《げんえきぼうけんしゃ》時代は凄腕《すごうで》のアークウィザードで、氷の魔女なんて大層な名前で呼ばれていたらしいが、この光景を見れば納得《なっとく》するしかない。

「ウィズが魔法で足止めして、旦那の人形が自爆。なかなか、エグい連携《れんけい》だぜ」

阿鼻叫喚《あびきょうかん》が響《ひび》き渡《わた》る大混乱の戦場で、誰もが逃げるのに必死で空に浮《う》かぶ俺達に気づく余裕《よゆう》はどこにもない。戦場から少し離《はな》れた場所にある岩陰《いわかげ》に二人の姿を発見したので、そのまま背後に着陸する。

「さすがだな、旦那、ウィズ」

「あら、ダストさん。こちらはなんとかやれてますよ。爆裂魔法で魔力を大量に消費したので、これぐらいしか出来ませんが」

「うむ。少々物足りぬぐらいだ。『バニル式殺人光線』で吹き飛ばせば手っ取り早いが、素性《すじょう》がバレては面倒《めんどう》になるのでな。だが、ああやって慌てふためくモンスターの悪感情も悪くはない」

「こっちは任せてもいけそうか。それじゃあ、よろしく頼《たの》むぜ、ご両人」

フェイトフォーに跨《また》がると、体がふわりと浮遊《ふゆう》感に包まれる。

「はい、ここは大丈夫《だいじょうぶ》ですよ。ダストさん、お気を付けて」

「汝《なんじ》はまだ死ぬ定めではない。我輩《わがはい》への借金を返さぬ限り、死ぬことは許さぬぞ」

ウィズは純粋《じゅんすい》に心配してくれているようだが、旦那のは照れ隠《かく》し……じゃなくて本音だなあれは。

旦那は悪魔だから借金残したまま死んだら、地獄《じごく》まで取り立てにきそうだ。

初めから死ぬ気はないが、こりゃ意地でも生き残らねえとな。

遠ざかる二人にこの場を任し、俺は主戦場となっている正門へと急いだ。

6

正門前では苛烈《かれつ》な戦いが繰《く》り広げられていた。

ゴブリンやコボルトやスケルトンといった雑魚《ざこ》モンスターが相手なら、一対一でも冒険者側が有利に戦えている。

初心者冒険者の街なんて言われてはいるが、実は無力な駆《か》け出し冒険者はほとんどいない。

特に男の冒険者は成長が早い。理由は……言うまでもなくサキュバスの店の存在だ。

強くなる流れとしては、先輩冒険者にサキュバスの店を教えてもらう。一度経験すると抜《ぬ》け出せなくなり、店に通う金を稼ぐためにクエストをこなす。

すると、めきめきとレベルが上がり、初心者を卒業。

それでもサキュバスの店から抜け出せずに、この街に居座り続ける。

結果、それなりにレベルの高い中堅《ちゅうけん》冒険者が量産される。

つまり、この街の冒険者達は結構腕が立つ。

「とはいえ、後方に控《ひか》えているのが厄介《やっかい》か」

敵の前衛は雑魚モンスターで固められているが、後方に控えているのは雑魚とは呼べないモンスターばかりだ。

剣《けん》と鎧《よろい》で武装しているゾンビの上位種アンデッドナイト。

角の生えた巨漢《きょかん》の鬼《おに》、オーガ。

あとは数体だが岩人形のゴーレムに、牛頭《ごず》のミノタウロスもいる。

かなりの強敵だが、そいつらが少数なのがせめてもの救いか。

「オークは……いねえ、よな。はあーっ」

メスオークが見える範囲にはいなかったので胸を撫《な》で下ろした。アイツらだけはマジで勘弁《かんべん》してくれ。思い出しただけで体が震《ふる》えて戦いどころじゃなくなっちまう。

このまま前線で戦う仲間達に合流してもいいが、ホワイトドラゴンに乗って登場したらややこしい事になるよな。

過去がバレるのも勘弁して欲しいが、それよりもフェイトフォーだ。

飼い慣らしているのが広まると、希少種となったホワイトドラゴン目当てにクズ共が寄ってくるのは間違《まちが》いない。

「なんて事を考えている余裕はねえな。一旦《いったん》、あそこにでも降りるか」

フェイトフォーを誘導《ゆうどう》して城壁近くの森に着地する。

人型に戻《もど》ったフェイトフォーを背負い、戦場へ特攻《とっこう》する。

「お前ら、俺様が来てやったぜ！」

戦っている連中の助けに入ろうと駆け寄る俺に対し、

「てめえ、どこで一人呑気《のんき》にサボってやがった！　こんなときまで手を抜こうなんて最低なゴミ屑《くず》野郎が！」

「見損《みそこ》なったぜ！　違うな、元から損なう要素なんてどこにもねえか！」

「あれよ。人間の女に相手にされないからって、女モンスターの尻《しり》を追っかけ回していたに決まってる。間違いないわ！」

体はボロボロのくせに口だけは元気だ。

コイツら……俺が陰《かげ》でどんなに頑張《がんば》っていたのか知ったら腰《こし》抜かしそうだな。

「俺の苦労も知らずに、言いたい放題、好き勝手に言ってくれるじゃねえか！」

「その苦労ってのを話してみなさいよ！　どうせ嘘だろうけどこっちは忙《いそが》しいんだから、

十文字以内で分かりやすく完結に言って！　ほら、早く！」

「そうだ、そうだ！　事実を話して俺達に殺されるか、嘘を吐《つ》いた代償《だいしょう》に餌《えさ》として敵陣《てきじん》に放り込まれるか、どっちか選べ！」

「どっちにしろ、死ぬじゃねえか！」

モンスターと戦う前にコイツらを後ろから襲《おそ》ってやろうか。

俺が槍《やり》を握《にぎ》り苛立《いらだ》ちに震えていると、肩《かた》にそっと手を置かれたので振《ふ》り向く。

「いらいらすんなよ、ダスト」

「俺達はお前が頑張っているのを理解している。それでいいじゃないか」

「正体ばれたくないんでしょ。お疲《つか》れ様、うまくいった？」

仲間達が笑顔《えがお》で俺を労《ねぎら》ってくれている。

……仲間が分かってくれているなら、それでいいか。

「はあー、ごちゃごちゃ話している時間はねえか。詳《くわ》しい説明はアイツらを蹴散《けち》らしながらで構わねえよな」

「おうよ」「構わないぞ」「変な脚色《きゃくしょく》はしないでよ」

仲間の了承《りょうしょう》も得られたので、俺を先頭に最前線へ割り込んでいく。

突進《とっしん》する俺達を見て、冒険者達が道を空ける。

一番近くにいる敵は二足歩行の犬のモンスター、コボルトの一団か。

まずテイラーが盾《たて》を構えた状態で敵の密集地帯に突入する。

「うおおおおっ！　貴様らの敵はこっちだ！」

手にした剣で盾を叩き、スキル《デコイ》で敵の目を引き付ける。

「はっ、こっちがお留守だぜ！」

その隙《すき》に俺が敵の側面に回り込み、無警戒《むけいかい》な相手の脇腹《わきばら》に穂先《ほさき》を潜り込ませる。

ハッと我《われ》に返ったコボルトが数体、俺の背後からせまってくるが振《ふ》り返る事すらしない。

ヒュッ、と風切り音が耳元を通り過ぎると、背後のコボルト達が倒《たお》れ伏《ふ》す。

「二人にばっかいい格好はさせねえぜ」

片膝《かたひざ》を突《つ》いて弓の弦《つる》を弾《ひ》いたポーズで、キースが前髪《まえがみ》を払っている。格好を付けているつもりらしい。

コボルト達は俺達の実力を認めたのか「ワンッ」と一鳴きすると前方に集まり、手にした武器を掲《かか》げ一斉《いっせい》に突撃《とつげき》してきた。

「よーし、狙《ねら》い通りね。『ファイアーボール』っ!!」

密集地帯にリーンの魔法が着弾《ちゃくだん》する。

爆音《ばくおん》と紅蓮《ぐれん》の炎《ほのお》が入り交じり、焦《こ》げた匂《にお》いが漂《ただよ》う。

今の一撃でざっと十体ぐらいは倒せた。

俺の仲間はカズマのパーティーみたいに、誰《だれ》にも負けないようなずば抜けて高い能力があるわけじゃない。

だが、今まで共に築いてきた信頼《しんらい》とチームワークがある。それに、テイラーもキースもリーンも出会った頃《ころ》のままじゃねえ。一緒《いっしょ》に成長してきたんだ。

「おおっ、やるじゃねえか。俺達も負けてらんねえぞ！」

「ダストより活躍《かつやく》出来なかったら、後で何言われるか分かったもんじゃない！　みんな、気合入れていくぞ！」

「ダストんとこより目立ってやるぜ！　活躍しねえと、ご褒美《ほうび》貰《もら》えねえからな！」

俺達の活躍に奮起した冒険者達が魔王《まおう》軍を押し込んでいく。

「人間ごときが調子に乗りおって！　こんな街の初心者冒険者共相手に苦戦など許されぬ！」

俺達の攻勢に焦《あせ》ったのか、剣を振り回し檄《げき》を飛ばすアンデッドナイト。その個体は他《ほか》と比べて体格が一回り大きく、装備品が立派に見える。

アンデッドナイトは、ぶっちゃけるとゾンビの上位互換《ごかん》だ。

周囲をアンデッド達が取り囲んでいるのは、あれが前線の指揮官だからだろう。

「王都の守りにも呼ばれぬ、中途半端《ちゆうとはんぱ》な冒険者共が一丁前に抵抗《ていこう》するでない！　我が主、ベルディア様の恨《うら》み、ここで晴らしてくれる！」

今、ベルディアって言わなかったか？

その名前に聞き覚えがある。確か前にこの街を襲った魔王軍幹部のデュラハンだったよな。町外れの古城に住んでいて、爆裂《ばくれつ》娘《むすめ》に嫌《いや》がらせをされてキレてたヤツだ。

最後はアクアの姉ちゃんに浄化《じようか》されていた。

「おい、あんた！　そこの上ゾンビ」

「ゾンビの上物みたいな呼び方をするでない！」

俺の声が聞こえたようで、律儀《りちぎ》にもツッコミを入れてきた。

アンデッドなので表情は読み取れないが、兜《かぶと》の奥に見える生気の感じられない目が俺を捉《とら》えている。

ここの指揮官があれで間違いないなら、倒せば指揮系統が益々《ますます》混乱するはずだ。やるにしても、他のアンデッドの群れが邪魔《じやま》すぎる。

倒そうにも数の差が圧倒的《あつとうてき》だ。あれをどうにかするのは一苦労だぞ。となると、どうにかしてヤツをこっちに呼び寄せられないか……。

「我に何か用か、生にしがみつく憐《あわ》れな存在よ」

えらく傲慢《ごうまん》だな、このアンデッド。

「憐れとか偉《えら》そうに言ってるけどよ、アンデッドやってるって事は、お前さんも元は人間なんだろ？」

「そうだ。元は貴様らのように憐れな存在だった。しかし、我はアンデッドとして生まれ変わり、無能な人間の皮を脱《ぬ》ぎ捨てたのだ。すべての欲から解放された高貴なる存在、それが我々だ」

腐《くさ》った死体の偉そうな物言いにカチンとくるが、プライドの高さを利用したらなんとかなりそうだ。

「お偉いアンデッドさんよ、一つ訊《き》きたいんだが……。欲がなくなったって事は、性欲もねえのか？　てか、そもそもゾンビになってもアレは使えるのか？　あっ、腐って落ちちまっているか、悪い悪い。ぎゃはははは！」

「やめろってダスト。アンデッドってのは、エロも飯も睡眠《すいみん》も必要ないんだからよ。何が楽しくて生きてるんだろうな。あっ！　ごめん、死んでたわ！　ぶひゃひゃひゃ！」

キースがやりたいことを察してくれたようで、一緒になって煽《あお》りに煽り、腹を抱《かか》えて笑い転げる。

「……欲望まみれの俗物《ぞくぶつ》が。こんな下品で醜《みにく》い人間が住むような街の冒険者に我が主が殺されたというのか。さぞ、無念だった事でしょう。部下達よ、あの下劣極《げれつきわ》まりない人間共を滅《ほろ》ぼしてしまえ」

かなり頭にきているようだが指示を出すだけで、自ら動こうとはしない。

アンデッドだから顔色は分からないが、言動から察するに後一押しって感じだ。

「安全な場所から偉そうな事ばっか言ってるけどよ、ビビってんじゃねえぞ。男らしく、先頭きって戦ってみろや。あっ、やっぱいいわ。むしろ、近づかないでくれ。鼻が曲がりそうなぐらい体臭《たいしゅう》が酷《ひど》いんだよ。なあ、リーン」

急に話を振《ふ》るとリーンは驚《おどろ》いた顔になったが、俺が頷《うなず》いたのを見て直《す》ぐに気持ちを切り替《か》えたようだ。小首を傾《かし》げて、一瞬《いっしゅん》だけ目を閉じてから口を開く。

「モンスターでもケアは大事よ？　見たところ軍の上司っぽいけど、それなら余計に気をつかわないと。スメルハラスメントとか知ってる？」

「あれ、くちゃい、くちゃい」

リーンとフェイトフォーが鼻を摘《つ》まんで露骨《ろこつ》に顔をしかめている。

「臭《にお》いに関しては触れてやるな。アンデッドなのだから腐臭《ふしゅう》がして当然だろう。仲間がすまなかった」

テイラーが二人を諭《さと》し、丁寧《ていねい》に謝られたのが逆に応《こた》えたようで、アンデッドナイトの体がぐらりと揺《ゆ》れてよろめいている。

「わ、我も部下達もアンデッドだ。故《ゆえ》に嗅覚《きゅうかく》はない！　そんなものを気にしている者はどこにもおらぬ！」

「あー、だからか。お前さん達の部隊に他の部隊が近づかないで孤立《こりつ》してるのは、そういう理由だったのかよ。こんだけ臭《くさ》かったら近づきたくないよな。なあ、お前らもそう思うだろ！」

さっきまで戦っていたコボルト達に話を振ると、視線を逸《そ》らし鼻を押さえたまま、すっと距離《きょり》を取った。

言葉にしなくてもその行動で、何を言いたいかが如実《にょじつ》に伝わってくる。コボルトは犬型なので鼻が利《き》く。だからこそ、この腐臭は耐えがたいのだろう。

その反応を見て、アンデッドナイトがその場に膝を突いた。

「魔王軍内で他の種族と距離を感じる事が何度もあったが、そのたびに気のせいだと言い聞かせてきた。だが、まさか、この臭いが原因だったとはっ！　コボルトとは仲良くなれないというのか！　生前は屋敷《やしき》で犬を何頭も飼っていたというのにっ！」

思った以上に精神的ダメージ受けてないか。

「ちょっと不憫《ふびん》に思えてきたんだけど。ダスト、言い過ぎたって謝ったら？」

「お、おう。そうだな。あんま気にするなって。ほら……あれだ。体は腐っても心は腐るなよ？」

優《やさ》しくなだめてやると、アンデッドナイトが無言ですっと立ち上がる。

「くぅーはっはっはっはあああっ！　人間ごときがここまで我を愚弄《ぐろう》するとは……。直接この手で貴様らに引導を渡《わた》してくれるわ！」

アンデッドナイトが剣《けん》を横に振るうと他のアンデッド達は無言で両脇《りようわき》へと分かれていき、俺達とアンデッドナイトの間に一本の道が現れた。

「我を愚弄した、そこの四人掛《か》かってこい。もしくは、すべてを諦《あきら》め我が前で頭《こうべ》を垂れるがよい。刃向《はむ》かうのであれば、死に物狂《ぐる》いで抵抗してみせよ」

「一対四ってか。はっ、舐《な》められたもんだぜ。後で後悔《こうかい》しても知らねえぞ？」

バカが挑発《ちようはつ》に乗って、のこのこと出てきやがった。

「舐めているのは貴様だろう。戦場で幼児を背負うなんて何を考えている。その幼児を降ろして避難《ひなん》させるがいい」

「お優しい事で。だが、余計なお世話だぜ。お前さん相手に傷一つ負うわけがねえだろ。あー、あれか。負けたときの言い訳を残しておきたいから、せめて万全《ばんぜん》で向かってきて欲しい、って意味だったのか？」

「ダスト──、空気読んでやれよ。幼女背負った冒険者に負けたら恥《は》ずかしいから、ああやって遠回しに頼んでいるんだろ」

「やっぱ、そうだよな。悪い悪い、じゃあちょっくら降ろして」

抵抗するフェイトフォーを降ろす振りをすると、アンデッドナイトが剣を地面へと叩《たた》き付けた。

「もういい！　そのままでこい。その減らず口を二度と叩けぬようにしてくれよう。ベルディア様に一目置かれた剣捌《さば》きを、その身で味わうがいい」

おっとマジギレしやがった。アンデッドじゃなかったら顔面真っ赤にしてそうだな。

「お前ら、こっからはマジモードだ。アイツはたぶんここの指揮官でかなりの腕前《うでまえ》らしい。だからこそ、倒せば戦況《せんきょう》が楽になるはずだ。全力で泣かすぞ」

「おいちく、なちゃちょう」

「言われるまでもねえよ。こんだけ観客もいるんだ、目立つには最高の舞台《ぶたい》だぜ」

「守りは任せろ。お前達は攻《せ》めに集中してくれ」

「あたしの魔法に巻き込まれないでよ」

俺の仲間達は平然と返す。

いつもと変わらぬノリで気負った様子もない。頼《たよ》りになるヤツらだ。

他の冒険者はこっちに敵が漏《も》れないように必死になって戦いを続けている。アイツらのためにも、とっととやっちまうぞ。俺とテイラーが肩《かた》を並べて前へ出る。

アンデッドナイトの武器は大剣。盾《たて》は装備していない。

まずテイラーが盾を構え、すり足で間合いを詰《つ》めていく。俺はその背後に位置取り、相手の出方を見る。

「無駄《むだ》なことをっ！」

アンデッドナイトが大剣を横に払《はら》い、それを盾で受け止めるテイラー。相手の動きが止まった今がチャンスだと判断して飛び込もうとしたが、俺の前にいた巨体《きょたい》が視界から消えた。

「ぬおおおっ！」

うなり声を上げ、盾を構えたまま地面を横滑《よこすべ》りするテイラー。大剣の一振りで弾《はじ》き飛ばされたのか。よく見ると盾の表面が大きく凹《へこ》み、ひびが入っている。

「大丈夫《だいじょうぶ》か⁉」

「ああ、なんて事はない。だが、あの剛力《ごうりき》は尋常《じんじょう》ではないぞ」

人とゾンビの違いはいくつかあって、代表的なものを挙げるとすれば、痛覚がない、力が増す、臭い、だろう。

生前はかなりの怪力《かいりき》でアンデッドとなりそれが強化された、ってパターンか。

「もうちょい頑張《がんば》れよ『狙撃《そげき》』っ」

キースの放った矢が相手の顔面に突《つ》き進んでいくが、直前で大剣の腹に弾かれた。

続けざまに、三射するがそのすべてが防がれる。

「アンデッドといえば炎《ほのお》よね。『ファイアーボール』」

リーンの魔法《まほう》が着弾《ちゃくだん》して燃え上がるが、爆煙の中から平然と姿を現す。

「程《ほど》よい火力といったところか。その程度の威力《いりょく》では我《われ》を火葬《かそう》するには及ばんぞ」

魔法耐性《たいせい》もあんのかよ。

「しかし、思っていたよりやるではないか。初心者冒険者の街と聞いて、これほどの戦力は必要ない、と考えていたのだが改めなければならぬようだ」

「それなら一旦撤退《いったんてったい》して、戦力補強してきたらどうだ？」

「魅力的《みりょくてき》な提案ではあるが、魔王軍の主戦力は魔王様の娘様と共にベルゼルグ王国の王都へ侵攻《しんこう》中だ。余計な戦力は回せないのだよ」

リオノール姫《ひめ》から教えられた情報に間違《まちが》いはなかった。

耳寄りな情報としては、敵の増援《ぞうえん》はない、という点だろう。目の前の大軍を撃退すればいい。単純でありがたい。

「それに引けぬ理由がもう一つある。魔王軍幹部の多くが倒され空席が目立つ今、ここで戦果を挙げれば、その席に収まる事も夢ではない。ベルディア様と同じ立場……いや、立場が同じになるのであればベルディアでよいのか。くはははははっ！」

額に手を当てて上半身をのけぞらし、尊敬していたはずの上司を嘲笑《あざわら》う。

……散々偉そうな事を言っておきながら、この変わりよう。

「てめえ、人間を欲望まみれの俗物とか言っておきながら、お前は出世欲に取り憑《つ》かれているじゃねえか！」

「黙れ！　人の三大欲求を失ったアンデッドの気持ちが分かるか!?　勃《た》たない、味覚がない、眠《ねむ》れない。そんな我《われ》が、せめて出世を求めて何が悪い！」

日頃《ひごろ》の鬱憤《うっぷん》が溜《た》まりに溜まっていたのか、本音を大声で叫ぶ姿が痛々しい。

だがそれはアンデッドの総意らしく、周りにいるゾンビやスケルトン達が何度も頷いている。アンデッドの世界にも苦悩《くのう》はあるらしい。

「堂々と開き直りやがった。……だけど、そういうの嫌《きら》いじゃないぜ。欲のない聖人なんかより、人間味があっていいじゃねえか」

「貴様……思ったより、話せる人間のようだな。こんな出会いでなければ、友になれたかもしれぬな」

「ああ、そうかもしんねえな。一緒《いっしょ》に酒を酌《く》み交《か》わしてみたかったぜ」

見つめ合い、照れたように鼻を擦《こす》る俺とアンデッドナイト。

戦場とは思えない温かい空間がここにはあった。

二人で和《なご》んでいたら、突如《とつじょ》、後頭部に走る衝撃《しょうげき》。

「あ痛っ！　いきなり何すんだよ！」

振《ふ》り返ると、杖《つえ》を振り下ろしたリーンがいた。

「何、二人で分かり合っているのよ。倒《たお》し辛《づら》くなる空気感出すのやめてよ。あんたも敵のお偉いさんなんでしょ、しっかりしなさいよ」

「「すみません」」

俺とアンデッドナイトの声が重なった。

「怒られちまったらしゃーねえ。おい、やるぞ」

「立場を忘れそうになったが、やるとするか」

仕切り直すと、互《たが》いに構えを取る。

相手は大剣を上段に、俺は少し腰《こし》を落とし小さく息を吐《つ》く。

敵も味方も固唾《かたず》を呑《の》んで見守る中、先に動いたのは俺だった。

一歩踏《ふ》み出し、相手の大剣では届かないリーチの外から槍《やり》を突《つ》く。

踏み込み、速度、威力、どれも申し分のない一撃。雷光《らいこう》のように目にも留まらぬ速さで突き出された槍の穂先《ほさき》は……アンデッドナイトの腹に深々と突き刺《さ》さる。

「やった！　ダスト、やるじゃない！」

仲間や冒険者《ぼうけんしゃ》達から歓声《かんせい》が上がるが、俺はそれに応《こた》えることが出来ない。

突き出した槍の柄《え》をアンデッドナイトが力強く握《にぎ》りしめ、その瞳《ひとみ》が俺を見つめていたからだ。

「やるではないか。人であったら勝負あり、だったのだがなっ！」

「ワザと前に踏み込んで貫かせやがったな！」

相手の術中にハマったと後悔する間もなく、大剣が脳天へと振り下ろされる。

槍から手を離《はな》して飛び退《の》くには、もう間に合わない。

「ダストーっ!!」

リーンの悲鳴が響き、誰《だれ》もが最悪の展開を予想して目を逸らした瞬間《しゅんかん》。

「やれ、フェイトフォー」

「うん」

俺の肩に顎《あご》を置き口を大きく開くと、口内から外へと火炎《かえん》がほとばしった。

至近距離から猛烈《もうれつ》な炎を浴びて、もんどり打つアンデッドナイト。

「うおおおおっ！　火があああああっ！」

「楽にしてやるよ」

腹から抜《ぬ》いた槍を横に薙《な》ぎ、その首をはねる。

炎をまとった首が地面を転がっていたが、部下のアンデッドの足にぶつかり動きを止める。

すると、周りにいたアンデッド達がピタリと動かなくなった。やはり、アンデッドを指揮していたのはコイツだったのか。

「残念だったな。相棒の存在を甘く見たのが敗因だぜ」

……実は人型でも火を吐《は》けるのを知ったのは、つい最近だったりするが、それは黙《だま》っておこう。

槍を空に突き出すようにして掲《かか》げ、勝利をアピールする。

それを合図に降って湧《わ》いたような大歓声が俺を包み……こまねえな。

シーンと場が静まり返っている。さっきまで戦っていた連中は全員動きを止めてじっとこっちを見ているだけだ。

なんだよ、その目は。

「……ダストがやられたと思ったら、急に燃えなかった？」

「だよな。なんでいきなり燃え上がったんだ？　ダストがなんかイカサマやったんじゃねえか？」

「背中の幼女がもぞもぞ動いたら、燃えたように見えたんだけど……うーん」

疑いの眼差《まなざ》しが俺に注がれている。

ヤベえ、フェイトフォーが火を吐いたシーンをもろに見たヤツはいないようだが、間違いなく疑ってやがるぞ。正体をバラすわけにはいかねえ。どう言い逃《のが》れしたらいい？

突然《とつぜん》発火した理由を納得《なっとく》させる説明……そんなもん、あんのか？

「なあ、ダスト。さっきさ、その幼女が火を――」

「わーっ！　魔法が間に合ってよかったー！　絶好のタイミングだったでしょ。感謝しなさいよ、あたしの魔法のおかげで助かったようなもんなんだから。いやー、我ながら見事な一撃だったわ。うんうん、やれば出来るもんね」

質問を口にした冒険者に割って入ったのは、リーンだ。

早口でまくし立てて、相手に反論する余地を与《あた》えない作戦か。

「えっ、でも、さっきのは幼女が」

「はい、はい！　そんな無駄話《むだばなし》している暇《ひま》はないでしょ。ほら、動かなくなったアンデッド殲滅《せんめつ》しないと。はい、急いで！」

「お、おう！」

リーンが強引《ごういん》に話を遮《さえぎ》って指示を出すと、冒険者達が命令系統を失いぼーっとしているだけのアンデッドに向かっていく。

これでこの一帯は片付きそうだ。

「助かったぜ、リーン」

「日頃《ひごろ》は平気で嘘《うそ》吐けるくせに、こんな事で動揺《どうよう》しないでよ。まったく、あたしがいないとダメなんだから」

「そう、だな。これからも、よろしく頼《たの》むぜ」

「まっかせなさい」

リーンはドンと勢いよく自分の胸を叩《たた》き、嬉《うれ》しそうに笑う。

そんな笑顔《えがお》に見とれていると、頭を嚙《か》まれた。

「おい、やめろフェイトフォー！　俺の頭喰《く》ってもうまくねえぞ！　こら、カジカジすんじゃねえ。禿《は》げるだろうが！」

「だちゅと、だらちない顔」

唾液《だえき》まみれの頭からフェイトフォーを引き剝《は》がす。

歯をガチガチ鳴らして、まだ嚙み足りないとアピールしているその口に、携帯《けいたい》食料を放り込んでおく。もぐもぐと口を動かしている間は大人しくしてくれるだろう。

「これで残りを掃討《そうとう》したら、敵の本陣《ほんじん》に——」

「な、何だコイツら！　急に走り出しやがったぞ！」

「ちょっ、待てよ！　おい、街へ向かってるぞ。誰《だれ》か止めろ！」

「くそっ、他《ほか》の連中が邪魔《じゃま》しやがる！」

安心しきっていたところに響《ひび》く悲鳴と怒声《どせい》。

声のした方を見るとアンデッドの一部が急に動き出し、街の中へとなだれ込んでいた。

どさくさに紛《まぎ》れてオーガの一団がアンデッドと一緒に街へと突入している。

「くそっ、アイツを倒したら動かなくなるんじゃないのかよ」

「くっくっくっ、甘かったな人間共よ」

「この声は!?」

地の底から響いてくるかのような声に聞き覚えがある。

声の源を探して注意深く観察すると、その声は足下《あしもと》に転がっているアンデッドナイトの頭から聞こえていた。

「我の死んだふりに騙《だま》されるとは愚《おろ》か者め。我は実はアンデッドナイトではなく、デュラハンなのだ！　だから、首をはねられてもなんの問題もない！」

「そういうことかよ。まんまと騙されたぜ」

「貴様らの驚く姿は滑稽《こっけい》であったぞ。まあ、我を倒したところでアンデッドは本能の赴《おもむ》くままに暴走するだけなのだがな。……あの、何をされているので？」

　俺は黙って頭の前に移動すると、槍を構えた。

「何って、黙って死んだふりしておけばいいのに、わざわざ煽《あお》ってくれた、お喋《しゃべ》り生首のとどめを刺《さ》すんだよ」

「あ、その。ほら、無抵抗《むていこう》な、か弱い生首を倒すのは人権的にもどうかと……」

「死体に人権はねえ！」

　生首を静かにさせたのはいいが、街に入った連中を放置するわけにはいかないよな。

第三章 この物語にピリオドを！

1

他の冒険者や仲間は残った敵の対処で身動きが取れない。だとしたら、俺が行くしかねえか！

「ここは任せた！　俺は街に入ったのを追うぜ！」

「おう、行ってこい！　ここは死守する！」

「綺麗《きれい》な姉ちゃんは必ず守れよ！」

「さっさと片付けて帰ってきなさい！」

仲間達の激励《げきれい》の言葉を背に、俺はアクセルの街へと飛び込んでいく。

負傷者を運び入れるために開けていた門の隙間《すきま》をこじ開けられたのか、門付近に倒された兵士達が転がっている。

「おい、大丈夫《だいじょうぶ》か！」

「な、なんとか。ここはいいから、モンスターを追ってくれ！　アイツら二手に分かれやがった。一つは冒険者ギルドの方に……。も、もう一つは富裕層《ふゆうそう》の住むエリアに……。ごほごほっ……がはっ！」

兵士が話の途中《とちゅう》で咳《せ》き込むと、口から大量の血を吐く。

内臓がやられちまったのか。この量はもう助からない。

「もう、しゃべんな！」

「心配は無用だ。コイツはさっき緊張《きんちょう》を紛らわすために隠れて飲んでいたワインだ」

よし、放っておこう。

紛らわしい兵士は無視してモンスターの後を追おうとしたが、どっちに行けばいいんだ。

近いのは……冒険者ギルドか。あそこは負傷した冒険者がいる、はず。

アイツらが今襲《おそ》われたら、ひとたまりもない。かといって、もう一方を見逃すわけにもいかない。

「フェイトフォー。頼みがある」

「何、だちゅと」

おんぶ紐《ひも》を外して、背中にいたフェイトフォーを降ろす。

「俺はこっちのモンスターを追うから、お前はあっちのモンスターを追ってくれ。ドラゴンに戻《もど》っても構わねえから、ここの連中を守ってやってくれるか？」

「うん、いいよ」

こくこくと二度頷《うなず》いたフェイトフォーの頭を撫《な》でる。

人間の姿だと、どうやってもモンスターに追いつくのは不可能だ。ホワイトドラゴンの噂《うわさ》がまた広まることになりそうだが、背に腹は代えられない。

「おや、ダストさん。こんなところで何を」

唐突《とうとつ》に降って湧いた声に視線を上げると、私服にフルフェイスの兜《かぶと》だけを被《かぶ》った、怪《あや》しさ全開の男が白馬に乗っていた。

コイツは以前に俺の兜を購入《こうにゆう》して、今も被っている変な貴族だ。俺は心の中で兜野郎《やろう》と呼んでいる。

「もしや、その幼女は……まさか、ダストさんの子供なのですかっ⁉」

「ちげえよ！　そんなこと話してる場合じゃねえんだ。一つ頼まれてくれねえか？」

「はい、分かりました！」

内容も聞かずに即答《そくとう》しやがった。

話が早くて助かるから、ツッコミはしねえぞ。

「コイツを乗せて、モンスターを追ってくれ！　あと、そこで見たことは他言無用で頼む！」

「二人だけの秘密ですね！　絶対に話しません。一生墓場まで持っていきます！」

「そ、そうか。助かるぜ」

鼻息が荒《あら》いのは気になるが、その疑問はあえて無視しよう。

俺は気持ちを切り替《か》えると、走り去る白馬と逆方向へ全速力で向かった。


冒険者《ぼうけんしゃ》ギルドの扉《とびら》は完全に破壊《はかい》されていて、中からいくつもの叫び声がする。

最悪の映像が頭をよぎるが、それを振《ふ》り払《はら》いギルドへと駆《か》け込んだ。

「お前ら、まだ生きて……る……か？」

俺は目に飛び込んできた光景に頭が混乱して、思考が一時停止した。

オーガの一団と負傷した冒険者が互《たが》いを牽制《けんせい》しているのは分かる。

だが、なんでコイツらはバニルの旦那《だんな》を挟《はさ》んで睨《にら》み合ってんだ？

「くそっ、ギルドを壊《こわ》されるわけにはいかねえ！　ギルドと職員だけは絶対に守り切るぞ」

「おうよ、言われるまでもねえよ！」

冒険者達は背後にいるギルド職員をかばいながら武器を構える。

傷《きず》も癒《い》えていないのに、逃《に》げようともせずに立ち向かう冒険者達。

「皆《みな》さん、私達のために……。いつも無茶《むちゃ》やってその後始末に苦労させられたり、依頼《いらい》料《りょう》が高いと難癖《なんくせ》付けてきたり、酔《よ》っ払った勢いでナンパしてきたり、と迷惑行為《めいわくこうい》ばかりが目に付いていましたが、私達の事をちゃんと助けてくれるんですね。婚期《こんき》は遅《おく》れましたがギルドの受付やっていてよかったです」

冒険者の献身的《けんしんてき》な態度に、受付嬢《うけつけじょう》のルナや他の職員が感動して涙《なみだ》ぐんでいる。

「あんたらは守ってみせる。じゃねえと、金が貰《もら》えねえからな！」

「えっ？」

「こんだけボロボロになって頑張《がんば》ったのに、ただ働きなんてやってらんねえぜ！　ここが潰《つぶ》れたら明日《あした》の飲み代もねえ！」

「…………」

冒険者の本音を知ったギルド職員が無の表情で黙《だま》った。

綺麗事を口にするより清々《すがすが》しくていいと思うんだがな。

「はっ、やる気だけは認めてやるが、手負いの貴様らが我《われ》らオーガに勝てると思っているのか？」

オーガ一団の中でも一回りデカい個体が、前に一歩踏《ふ》み出し鼻で笑う。

どうやら、アイツが一団のリーダーっぽい。

オーガはゴブリンのような雑魚《ざこ》とは違《ちが》う、好戦的でかなり強力なモンスター。

少なくとも低レベルの冒険者が正面から挑《いど》む相手じゃない。

「確かに、今の傷を負った俺達じゃ敵《かな》わねえかもしんねえ。でもな、それでも男には引けない時があんだよ！」

「私達は女だけどね」

冒険者達が大きく頷《うなず》き、勝てないと分かっているのに逃げようとしない。

……一見、格好《かっこ》良《よ》く見えるが、さっきから話しながらちらちらとバニルの旦那を見ている。

オーガも意気込んではいるが未《いま》だに手を出さないのは、旦那の存在が気になっているからだ。同じように何度も旦那を見ている。

注目の的のバニルの旦那は我関せずとテーブルと椅子《いす》をセットして座り、優雅《ゆうが》にお茶を飲んでいる。

どうでもいいんだが、旦那って体が土なのに飲み食い出来るのか？

「あのー、バニルさん。そういう事なのでモンスターとの戦いを、お手伝いしていただけると、とっても助かるのですが？」

「おや、我輩《わがはい》に相談事があるなら」

旦那はどこからか水晶玉《すいしょうだま》を取り出すとテーブルにセットする。

「相談所へようこそ、迷える冒険者よ。どんな悩《なや》みでも占《うらな》いで解決しようではないか」

この状況《じょうきょう》で相談所をおっ始めやがった！

旦那はギルドの片隅《かたすみ》でたまに相談所を開いて、悩み事を占い……というか異様に当たる予言で解決している。

それは知っているが、この状況でもそれをやろうってのか。

「あ、あのー。占いよりもモンスターの撃退《げきたい》をやって欲しいのですが」

「ちょっと待て！　そのお姿は元魔王《まおう》軍幹部のバニル様ですよね！　人間の街で何をされているのですか⁉」

急に丁寧《ていねい》な話し方になって、バニルの旦那に詰《つ》め寄るのはリーダーっぽいオーガか。

アイツは旦那の事を知ってるみたいだ。それよりも……今の発言はヤバいんじゃねえか？　元魔王軍幹部と知られたら騒《さわ》ぎに——

「あっ、やっぱり魔王軍幹部だったんだ」

「掲示板《けいじばん》に似顔絵と賞金額書いてあったもんな。ほーら本物だったじゃねえか」

「あんな目立つ仮面とキャラしてたら、誰《だれ》でも分かるよね」

驚《おどろ》いた様子はこれっぽっちもないな。

全員が騒ぎもしないで納得《なっとく》している。

「ふむ。我輩は今は魔道具店で働くしがない店員の一人に過ぎん。どうだ、売れ残りの在庫を一つ買っていかぬか？」

「いりませんよ！　なんで、元魔王軍幹部が魔道具店で働いているんですか⁉　給料も悪くなかったはずですよね！」

魔王軍って給料出るのか。

「ぎゃーぎゃーとうるさい鬼だ。我輩は元、幹部。今は約定もなく自由の身。とやかく言われる筋合いなどない。占いをせぬなら商売の邪魔《じゃま》だ、帰った帰った」

害虫のように手で追い払われて、渋々《しぶしぶ》オーガが黙《だま》る。

それを見物していた冒険者の一人が、慌《あわ》ててバニルの旦那の正面に立った。

「バニルさん、ここでの戦いで勝つ方法を占えますか？」

「迷えるお客様となれば話は別だ。特別に格安で汝《なんじ》の願いが叶《かな》う未来を占ってやろう。

……ほほう、これはこれは。占いによると、強力な悪魔を有料で仲間に引き入れると吉《きち》と出た」

それって間違《まちが》いなく旦那の事だよな。

相談した冒険者もそれを理解しているのか、テーブルに身を乗り出して旦那に迫《せま》る。

「その人を味方に引き入れるには、いかほど必要ですか？」

「ちょっと待て！　金が必要なら払うぞ！　十万エリスでどうだ！」

大声で割り込んできたのは、敵のオーガ。

「てめえ、邪魔すんじゃねえよ！　こっちは二十万だ！」

「ならば、三十万でどうだ！」

「四十万、いや、四十五万！」

「お前ら、今いくら持ってる⁉　有り金を全部出せ！」

バニルの旦那のオークションが始まりやがった。

見る見るうちに値段が吊《つ》り上がっていく。俺も参加したいところだが、旦那を買い取る金なんてねえ。それどころか借金も返せてない。

これは見守るしかねえのか。

「七十万一千エリス！」

「じゃあ、七十万と一千五十エリスだ！」

どっちも懐《ふところ》事情がヤバいのか刻んできやがった。

「一千万」

「「「えっ」」」

桁外《けたはず》れな金額が聞こえた気がしたんだが。

「一千万エリスと言いました」

バニルの旦那の前に歩み出てきたのは、受付嬢のルナ。

「汝、正気か？」

「はい。ギルドの金庫にある一千万エリスでバニルさんを買います」

予想外の展開に場が静まりかえっている。

真剣《しんけん》な表情のルナとそれを楽しそうに眺《なが》めているバニルの旦那。

「フッ、フハハハハハ！　気に入った、気に入ったぞ、縁遠《えんどお》き人間の娘《むすめ》よ！　一千万で汝に買われようではないか！」

「ありがとうございます、バニルさん。では、早速《さっそく》このモンスターの討伐《とうばつ》をお願いできますか？」

ルナは微笑《ほほえ》むと、オーガ達を指さす。

「承知した。出血大サービスだ。いつもより多めのバニル式殺人光線をお見舞《みま》いしよう！」

逃《に》げ惑《まど》うオーガに向けて連続で放たれる、謎《なぞ》の光線。

ここは任せて大丈夫《だいじょうぶ》だ、うん。

結果を確認《かくにん》するまでもないとギルドを飛び出し、もう一方のモンスターの群れを追った。

2

「こっちで間違いない筈《はず》なんだが」

途中《とちゅう》で街の連中に話を聞きながら後を追っているが、どうにも話の内容が妙《みょう》だった。

「アンデッドとモンスターの群れが脇目《わきめ》も振らずに一直線に走って行ったのよ。だから、うちらには被害《ひがい》はなかったんだけど、怖《こわ》かったわー」

「そうそう！　アンデッドが暴走していて、それを必死になって他《ほか》のモンスターが追いかけてたみたい」

との事だった。他の連中も同じような事を口にしていて、今のところ街に被害はない。

それはいい事なんだが、アイツら何が目的なんだ？

走る速度は落とさずに考えてみるが、理由が思いつかない。

「考えても分かんねえ事は考えねえ！」

邪魔な思考はさっさと捨てて、走る速度を上げる。

さっきからもう一つ気になってんだが、この道に見覚えがある。というか、何度も通った事がある道だ。

路地を抜《ぬ》けた先に見えるのは……カズマの屋敷《やしき》だった。

「アイツら、魔王軍幹部を倒《たお》した実績のあるカズマを狙《ねら》ったのか」

だとしたら無駄足《むだあし》だ。アイツらは今頃《いまごろ》、魔王城の近くか下手《へた》したら乗り込んでいる可能性だってある。

「それとも……そういや、アクアの姉ちゃんは妙にアンデッドに好かれる体質だったよな。もしかして、その残り香《が》にアンデッドがおびき寄せられている、とか？」

どちらにしろ、カズマの屋敷を壊されるわけにはいかねえ。ダチに屋敷を守ってくれと頼まれたのを忘れてはいない。

徐々《じょじょ》に屋敷に近づくにつれて、何やら悲鳴が流れてくる。

カズマの屋敷には誰も居ないはずだが、近所の住民が巻き込まれたのか？

「間に合ってくれ……よ？」

焦《あせ》る俺の目に入ったのは白馬と、その脇に突《つ》っ立っている兜野郎《かぶとやろう》とフェイトフォー。

「お前ら何してんだよ！　屋敷が襲《おそ》われてんだろ！」

振《ふ》り返った二人は驚いた様子もなく、俺を見る。

「ダストさんでしたか。あれは屋敷が襲われるというよりは、襲っているのではないでしょうか」

「うん、たちゅけなくても大丈夫」

「わけの分かんねえ事を言ってんじゃねえぞ」

意味不明な事を口にする二人を押しのけて屋敷の方を覗《のぞ》き見ると、そこは酷《ひど》い有様だった。

「うおおおっ、畑からツタが絡《から》んでくるぞ！　放せ、放せっ！」

「ぐあああっ、野菜が爆発《ばくはつ》しやがった！」

「ゾンビとスケルトンが次々と畑の肥やしにっ！」

庭の畑で次々と爆発四散するアンデッド。

他の魔王軍のモンスターも地面から伸《の》びた植物のツタに巻き付かれ、畑から飛び出してくる野菜に弾《はじ》き飛ばされ、屋敷の方から飛んでくる酒瓶《さかびん》や石の直撃《ちょくげき》を受けていた。

誰《だれ》か居るのかと辺りを見回してみたが、人っ子一人居ない。

「なんだ、この猫《ねこ》と鳥は。邪魔だ、あっち行け。ぶっ殺すぞ」

ツタを必死になってちぎっているモンスターの近くに、黒猫とニワトリがいる。

黒猫は爆裂《ばくれつ》娘が大事にしている変な名前の羽の生えた猫で、ニワトリはアクアの姉ちゃんのお気に入りの大層な名前をした元ヒヨコか。

「おい、そんなのとじゃれてないで……嘘《うそ》、だろ。いやいやいやいや！」

「なんだいきなり、どうしたってんだ」

じっと二匹を見ていたモンスターがいきなり取り乱し慌てている。

「今、《看破》でその二匹を見たんだが、そのニワトリとんでもない高レベルだぞ!? それに、そっちの黒猫はジョブが《邪神《じゃしん》》ってなってんだが……」

モンスターの話が偶然《ぐうぜん》聞こえてしまったんだが、この二匹が？

聞き間違いだとは思うが……聞かなかった事にしよう。ただでさえややこしい事態なのに、余計な悩み事を増やしてたまるか。

俺達に気づいていないモンスターを眺《なが》めながらフェイトフォーを背負う。

そして、野菜と動物二匹に気を取られ、隙《すき》だらけの背を晒《さら》しているモンスターを苦もなく処理した。


「うっし、こっちはこれでいけるな。……何食ってんだフェイトフォー」

「ネバネバちゅるお芋《いも》」

さっきから黙《だま》って何かやっているなとは思っていたが、地面に散らばっている野菜を食ってたのかよ。

「ぺっ、しなさい。落ちている物を食べるんじゃありません」

「かえちてー」

フェイトフォーが持っていた粘《ねば》り気のある芋を奪《うば》ってポケットに入れておく。捨てたら拾って食いそうだからな。

後でもっと美味《おい》しい物を食わせてやると説得してから、ぐずっていたフェイトフォーを馬に乗せる。

屋敷を無事守り切り？　他に街中に入り込んだモンスターがいないか捜《さが》しながら白馬で駆《か》け抜ける。ちなみに、この馬は兜野郎が快く貸してくれた。

「ダストさんがお尻《しり》を密着させた鞍《くら》に私が乗ったら、これはもう一つになったと言っても過言ではないのでは！」

なんかぶつぶつと言っていた気もするが、急いでいたので無視をした。

念のために魔道具《まどうぐ》店の方も見て回ったんだが、あの鳥のぬいぐるみを着たのが軽快な動きでモンスターを圧倒《あっとう》していた。

マスコットキャラだと思ったら、番犬……番鳥も兼《か》ねていたのか。

カズマの屋敷も魔道具店も大丈夫だな。じゃあ、とっとと正門前に戻らねえと。リーン達が心配だ。

「だちゅと、あっちがうるちゃい」

「うごっ！　なんだいきなり」

フェイトフォーは後ろから俺の頬《ほお》を挟《はさ》むようにして掴《つか》むと、くいっと強引《ごういん》に顔を横に向けさせた。

耳を澄《す》ますと……確かに騒《さわ》がしい声がする。

この方向には警察署があったな。この機に乗じて警察で暴れるバカでもいるのか？　だとしたら、放っておいても警察で何とかするだろうが、モンスターだとしたら……。

「ここで恩を売っておけば、留置所での待遇《たいぐう》がマシになるかもな」

「ちゅなおじゃない」

「けっ、そんなんじゃねえよ」

悪態を吐きながらも体は無意識に警察署へ走っていた。

「変態だー、変態の魔族がいるぞ！」

「コイツ、変態のくせに強い！」

「誰《だれ》が変態だっ！」

警察署の前では捕《と》り物劇が繰《く》り広げられていた。

シャツとパンツ一丁の魔族らしい男が剣《けん》を片手に暴れている。

「突然《とつぜん》現れた変態魔族に告ぐ！　武器を捨てて抵抗《ていこう》をやめるんだ！」

「うるさい！　くそっ、くそっ、なんで俺はこんなところにいるんだ⁉　魔王城は……あの姑息《こそく》で口達者な男はどこに行った！　落ち着け、落ち着くんだ。こういうときこそ騎士のように振る舞わなければ。くそっ、俺は考えるのが苦手だっていうのに、どうすりゃいいんだあああっ！」

かんしゃくを起こした子供のように剣を振《ふ》り回しているので、取り囲んだ警察官が近寄れないようだ。既《すで》に何人かは斬《き》られた後らしく、血を流して横たわる警察官が何人もいる。

見た目はただの変態だが、相当腕《うで》が立つようだ。

力尽《ちからず》くで取り押さえるとなると、警察はかなりの犠牲者《ぎせいしゃ》を覚悟《かくご》しないとダメか。

だけど、俺ならタイマンでどうにか出来る。

いつも問答無用で直《す》ぐに俺を逮捕《たいほ》したがるムカつく連中だが、そんなヤツらが泣いて感謝する姿を見るのも悪くない。

　このままフェイトフォーを連れて警察の前で戦うのはやめた方がいいな。あらぬ罪を上乗せされそうだ。

　馬の上で大人しくしておくようにフェイトフォーへ言い聞かせて、俺は馬から降りる。そして、そのまま騒ぎの中心へ乱入した。

「お前らじゃ敵《かな》わねえよ。邪魔《じゃま》だ、どけ」

　二週間前に俺を無実じゃない罪で捕《つか》まえた警察官を押しのけて前に出る。

「ダストか。何してんだこんなところで。まさか、この状況《じょうきょう》でもサボりか！　お前ってヤツは……」

「ちげえよ！　お前らのピンチに颯爽《さっそう》と現れてやったんだろうが。一生感謝して二度と捕まえんなよ。ほら、とっとと怪我人《けがにん》を運びな」

「背に腹は代えられないか。……すまない。少しだけ時間を稼《かせ》いでくれ、怪我人を運んだら増援《ぞうえん》を呼んでくる。その変態は見た目も腕もヤバい、油断はするなよ！」

　心配する警察官に背を向けたまま手を振っておく。

　いつもは怒鳴《どな》って説教ばかりのくせに心配はするのか。

「おい、そこの変態。こっちは急いでんだ。大人しくやられてくれ」

「なんだ貴様は！　こっちはわけの分からない場所に飛ばされてイラついているんだ。邪魔立てするなら覚悟するんだな！」

すっと腰《こし》を落とし剣を構える姿に隙がない。

俺も相手に応《こた》えるように槍《やり》を構え、静かに息を吐《つ》く。

相手も俺の実力を一目で見抜《みぬ》いたのか、慎重《しんちょう》にすり足で距離《きょり》を詰《つ》めてくる。もう一歩踏み込めば槍の間合い。

そこで相手がピタリと動きを止め、剣を上段に構えた。あれは誘《さそ》っているのか。

悠長《ゆうちょう》に戦っている時間が惜《お》しいので、あえて誘いに乗ることにする。

踏み込むと同時に槍を突《つ》き出す。相手の胸元《むなもと》に吸い込まれるように突き進む穂先《ほさき》を、相手は振り下ろした剣で弾いた。

そして、一気に間合いを詰めると横薙《よこな》ぎの一撃を繰《く》り出す。

斜《なな》め後方へ転がるようにして躱《かわ》し、起き上がると同時に槍で足下《あしもと》を払うが、あっさりと剣で防がれた。

「やるじゃねえか、変態のくせに」

「変態ではない！　俺にはノスという名がある！　貴様も人間風情《ふぜい》にしては腕が立つようだな」

バニルの旦那《だんな》もそうだが、この世界は見た目と強さが比例しない。油断したら一気にやられるぞ。

相手の間合いに踏み込まないように距離を保ち、何度も突きを繰り出すがことごとく弾かれてしまっている。

強い。かなりの強敵なのは間違《まちが》いない。だが、ヤツには欠点がある。守りの面で。

本気の一撃は防いでくるのだが、威力《いりょく》を抑《おさ》え速度重視の軽い突きは見逃《みのが》すので、体に裂傷《れっしょう》が徐々《じょじょ》に増えていく。少しずつだが確実にダメージを与《あた》えている。

「くっ、鎧《よろい》があればこの程度の攻撃《こうげき》は」

微《かす》かに聞こえたぼやきから察するに、あの格好は趣味《しゅみ》ではなくて、何らかの理由があって鎧を着てないって事か。

となると、狙《ねら》い目は防御《ぼうぎょ》面の甘さだな。

「正々堂々、次の一撃でてめえを倒《たお》すと宣言するぜ」

「ふんっ、大口を叩《たた》いてくれる。やれるもんなら、やってみるがいい！」

姿勢を低くして頭から突っ込む振りをして、相手の剣が届くギリギリ外で足を止める。

そして、ポケットからアレを取り出すと相手の上空へと放《ほう》り投げた。

「はっ、正々堂々が聞いて呆《あき》れる！　そのような小手先の飛び道具など」

変態が剣を振り上げて、投げた物を両断する。

俺は二つに割れた物を狙い、連続突きを繰り出した。

「はっ、頭の上を狙ったところで痛くも痒《かゆ》くも……ぬぐあぁ、痒いいいいっ！」

変態に白くどろっとした物体が降り注ぎ粘《ねば》り着くと、むき出しの首元や腕や脚《あし》を掻《か》きむしっている。

俺の狙いは初めから投げた芋だった。フェイトフォーから奪ったのは芋は芋でも山芋で、あれは素肌《すはだ》に触《ふ》れると凄《すさ》まじく痒くなる。

あんなに元気で暴れ回っていた山芋だったので、その成分も濃《こ》いらしくこの有様だ。

のたうち回っている変態があまりにも憐《あわ》れだったので、槍の石突きで脳天をぶっ叩き気絶させておく。

警察署の前なのでこのまま放置しておけば牢屋《ろうや》に放り込まれるだろう。

「で、結局コイツはなんだったんだ」

3

思ったより時間は掛《か》かったが、なんとか正門前に戻《もど》ると、冒険者《ぼうけんしゃ》とアンデッドとの戦いは終わっていた。

　何人かは怪我人が出たようだが、多くの冒険者は未《いま》だに健在だ。仲間の無事も確認《かくにん》できて、ほっと安堵《あんど》の息を吐く。

「そっちはなんとかなったようだな、ダスト。アンデッドは殲滅《せんめつ》したが、残るは……」

　テイラーが俺の肩《かた》を叩き称賛《しょうさん》してくれているが、その目は俺ではなく戦場を見据《みす》えていた。

　視線の先にいるのは敵の本陣《ほんじん》。

　数は少ないが雑魚《ざこ》モンスターとは比べものにならない強敵ばかりが揃《そろ》っている。

　俺なら槍を使えばタイマンでもなんとかなるが、他《ほか》の連中にはかなり厳しい相手だ。

「かーっ、酒でもかっくらってだらだらしてえ」

「分かる、分かるぜダスト。こんなに真面目《まじめ》にやってたら真人間になっちまいそうだぜ」

「ダストもキースもこの際、真人間になったらいいじゃない。あともう少しだから頑張《がんば》って。終わったら、しばらくは自堕落《じだらく》な生活も見逃《みのが》してあげるから」

　いつもなら俺達のケツを蹴《け》り上げてでもクエストに行かせるリーンが、珍《めずら》しく優《やさ》しい言葉を口にした。

　キースと顔を見合わせると、同時に拳《こぶし》と拳をぶつけて笑う。

「約束だかんな！　これが終わったら、当分なんにもしねえぞ」

「うっしゃー。撤回《てっかい》は受け付けねえからな。ダスト、後でバカ騒《さわ》ぎすっぞ！」

「はいはい、約束約束。ほんと、どうしようもないわね、この二人は」

「やる気を出してくれたのはいいが。はあ……この状況でも頼《たの》もしいというか、なんというか」

真面目組のリーンとテイラーが、大きなため息を吐いて何か言っているが無視だ。

「んじゃ、もうちょい頑張りますか。お前らもまだやれるよな？」

他の冒険者達に問い掛けると、全員が武器を掲《かか》げた。

「当たり前だろ！　ちょうど体が温まってきたところだ」

「あともうちょいだもんね。やれるに決まってんでしょ」

「こんだけ働いたら、後の酒がうめえぞー」

結構ボロボロのくせして、全員が陽気に強がってみせる。

やせ我慢《がまん》だろうが上等だ。ここで見栄《みえ》を張って踏《ふ》ん張らないでいつやるんだって話だよな。

冒険者の何人かは戦闘《せんとう》不能になってアクセルの街で治療《ちりょう》中だが、今残っている連中は全員顔見知り。

野郎《やろう》共は……揃《そろ》いも揃ってサキュバスの店の常連ばっかじゃねえか。あの店って実はアクセルの街に一番貢献《こうけん》している店なんじゃないか。

士気が上がった俺達は堂々とした歩みで敵本陣に向かっていく。

向こうも正面から迎撃《げいげき》するつもりらしく、その場から動かずに俺達を待ち受けている。

敵の数は五十程度しか残っていない。数ならこっちが勝っているが、敵のモンスターはどれもが強敵だ。

クエストなら中堅《ちゆうけん》の冒険者がパーティーを組んで挑《いど》む相手ばかり。これを見たらさすがに他の連中も動揺《どうよう》するかもしれない。

そう思い振り返ってみると、不敵に笑う冒険者達がいた。

「へっへっへ、腕が鳴るぜ。ついでに武者震《むしやぶる》いが止まんねえぞ」

「おいおい、この期《ご》に及《およ》んで情けないヤツだ。この微動《びどう》だにしない俺を見習えよ」

「腰が引けまくってんじゃないの。私なんて余裕《よゆう》過ぎて、さっきから足が前に進まないんだからね」

……ダメだ、相当びびってんな。

無理もないか。俺も正直に言えば、

「帰りてぇ」

「あんたが弱音吐いてどうすんのよ」

俺のぼやきに素早《すばや》くリーンからのツッコミが入る。

愚痴《ぐち》ってどうなるもんでもないか。開き直るぐらいがちょうどいい。

足がすくんでいる冒険者を置いて俺が前に進むと、直《す》ぐ後ろからテイラー、キース、リーンが付いてきた。

「お前らは後ろで控《ひか》えていていいんだぜ？」

「バカ言うなよ。お前にばっか格好《かっこい》良い真似《まね》はさせねえって言ってんだろ」

「そうだな。リーダーとしてクルセイダーとして、誰《だれ》かの後ろで怯《おび》えているわけにはいかない」

「何があっても、あたし達は仲間なんだから。どこまでも一緒《いっしょ》でしょ」

まったく、頼もしい仲間だぜ。

コイツらが後ろにいてくれるなら、俺はどんな強敵が相手でも前に進める。

槍を肩に担《かつ》ぎ、大股《おおまた》で歩いて行く。

「そこの人間よ止まれ。それ以上、近づくのであれば攻撃を加える」

腹にまで響《ひび》いてくる声に従い、歩みを止める。

敵陣が真っ二つに割れると、その先に人影《ひとかげ》が一つ。

この戦場には場違いな妙齢《みようれい》の美女が艶《あで》やかな笑《え》みを湛《たた》え、背筋が思わずゾクッとする冷たい視線を注いでくる。

上は白のシャツに深い下はスリットの入ったロングスカート。胸と尻《しり》の盛り上がりも申し分ない。

見た目だけならもろ好みだ。一晩お相手を願いたいぐらいだが、あの発言って事は……おそらく、ヤツが総大将か。

「そこの美人の姉ちゃん。あんたがここのボスか？」

「ええそうよ、人間。……あらっ、そこの人間の男。いい男じゃないの。見ているだけで体がうずいて、ムラムラしてきちゃう。こっち側に寝返《ねがえ》るなら、命は助けてあげるわよ。毎日、思う存分満足させてあげるわ」

冗談《じようだん》でからかっているのかと疑いの目を向けたが、どうにもそんな感じはしない。マジで言ってんのか。

色っぽい姉ちゃんに流し目で誘惑《ゆうわく》されたら心が揺《ゆ》れそうになるだろ。

「おいおい、俺が色香《いろか》に惑《まど》わされて寝返るような男に見えるか？」

「「見える」」

「うっせえぞ、外野！」

仲間と冒険者達が声を揃《そろ》えて断言した。

「魅力的《みりょくてき》な提案だが、それは呑《の》めない話だ。だけど、どうしてもって言うなら、胸ぐらいなら今揉《も》んでやろうか？　ぐはっ！」

胸を揉むような仕草で応《こた》えたら、後頭部に衝撃《しょうげき》が走った。確認するまでもない、リーンが杖《つえ》で殴《なぐ》りやがったな。

何回俺の頭をどつけば気が済むんだよ。

「面白《おもしろ》い人間ね。あら、失礼しましたわ。まだ名乗ってもいませんでしたね。私はアクセルの街襲撃《しゅうげき》を取り仕切っている総指揮官、ルーゼリって言うの、よろしく……はしなくていいわよね。どうせ、ここで死ぬんだから」

声も素振《そぶ》りからも色気を感じるが、手を出す気にもならない。色気を吹《ふ》き飛ばす隠《かく》しきれない強者のオーラに思わず生唾《なまつば》を飲み込む。

「ふぅー、それにしても驚《おどろ》いたわ。初心者冒険者の街だって聞いていたのに、こんなにも酷《ひど》い損害を受けるなんて。このままじゃ、魔王《まおう》様や幹部の方々に合わす顔がないのよ。だから、悪いんだけど、この街の住民と一緒に酷《むご》たらしく無残に散ってもらえるかしら？」

話すたびにしなを作り、自分の体を艶《なま》めかしく這《は》う指の動き。その一つ一つの仕草がエロい。アイツがこの場にいたら「参考になります！」って目を輝かせそうだ。

「参考になります！」

そうこんな感じで。

「うおっ……！　なんで、お前さんがここにいるんだよ」

「あれっ？　さっきまで誰《だれ》もいなかったよね？」

俺だけではなく、リーンや仲間も存在に気づいてなかったのか。

どこから湧《わ》いて出たのか、隣《となり》にはルーゼリを熱心に観察しているロリサキュバスがいた。

「嘘《うそ》を広めるお仕事が終わったので帰ってきました。あのまま居座っていると戦闘に巻き込まれそうでしたから。あの人、すっごく色っぽいですよね！　私もいずれあんな感じの魅力的で妖艶《ようえん》な女性になる予定ですけど」

「それは無理だろ」

「むっ」

正直に言ったら、頰《ほお》を膨《ふく》らまして睨《にら》んできた。

「あら、かわいい女の子じゃないの。援軍《えんぐん》にしては少し頼《たよ》りないみたいだけど。でも、どこから現れたのかしら？」

「あっ、それは地面からです」

「「「地面から？」」」

ロリサキュバスが指さす地面に視線を向けると、そこには土があるだけだ。

目を凝《こ》らして見ているが、何の変哲《へんてつ》もない地面だよな。

「おい。ただの地面——」

文句を言おうとした俺の目の前で、土が急激に盛り上がり何かの形になっていく。

「フハハハハ！　我輩《わがはい》参上。ふむ、このような驚きの悪感情は好むところではないのだが」

聞き慣れた笑い声と共に出現した土の塊《かたまり》は、見慣れた形へと変化する。仮面を着けた悪魔の姿に。

「旦那《だんな》！　なんちゅう登場してんだよ。あっ、それよりも魔王軍の連中に顔見せていいのか？」

「ああ、それなのだが」

「その仮面は、ひ、ひぃいいっ。バ、バニル様では!?」

バニルの旦那を目撃《もくげき》して悲鳴を上げるルーゼリ。……悲鳴？

ちらっと相手を見ると、顔面蒼白《そうはく》で心底怯えた表情をしている。

「旦那、何したんだアイツに？」

「さて、下っ端の顔《ば》など覚えておらぬからな。どこぞで会ったのかもしれぬが」

仮面で表情が分かりづらいが、本気で覚えていない感じだな。

ルーゼリの方は旦那を指さしたまま、池の鯉《こい》のように口をパクパクさせている。

このままじゃ埒《らち》が明かないので、俺から質問してやるか。

「旦那は覚えてないらしいんだが、どういう関係なんだ？」

「覚えてない、のですか。あれほどの事をしておきながら……。魔王城で毎日、毎日、私達を翻弄《ほんろう》してもてあそんだくせに！」

髪《かみ》を振《ふ》り激高するルーゼリ。

それに追随《ついずい》するかのように、他《ほか》のモンスター達も頭を抱《かか》えて悶《もだ》えている。

嘘や冗談といった感じではない。本当になにやらかしたんだよ、バニルの旦那は。

「もてあそんだ、とは大袈裟《おおげさ》ではないか。魔王城に滞在《たいざい》中は食事が必要だったのでな。城の連中に人気のあったウィズや女幹部に化けて誘惑して、個室に連れ込んだところで正体を現した事や、やせ薬と偽《いつわ》りカロリーたっぷりの錠剤《じょうざい》を渡《わた》して一か月後に暴露《ばくろ》したぐらいしか心当たりがないのだが」

「それよ、それ！」

「旦那、それだって！」

俺とルーゼリが同時にツッコミを入れる。

首を傾《かし》げて惚《とぼ》けているが、わざとだよなあれは。

「バニルさん、それはどうかと思いますよ。同じ女として、そういういたずらは笑えません。って、あれ？　今、私に化けたって言いました？」

「どれだけ痩《や》せるのに苦労した、と……。はあっ!?　どうして、ウィズ様までえええっ！」

バニルの旦那の背後からひょこっと顔を出したウィズを見て、再び響《ひび》き渡《わた》る絶叫《ぜっきょう》。

さっきからギャーギャーと忙《いそが》しい女だ。

「お久しぶりです。確か幹部候補だったルーゼリさんでしたよね。お元気でしたか？」

ウィズは覚えていたようで、にこやかに挨拶《あいさつ》している。

「あの、あの、あの、どうしてお二方がこのような場所に？」

「我輩と、そこの無能店主はこの街で店を開いておるからな」

「店？　この街で？　えっ？」

言葉の意味が理解出来ないのか、それとも理解したくないのか。ルーゼリはきょろきょろと辺りを見回し、そこら中をくるくる回っている。完全に挙動不審《きょどうふしん》だ。

混乱しているルーゼリはひとまず放っておくか。

「旦那、話を戻《もど》すけどよ。正体もろバレだけどいけんのか？」

「その話なのだが、よくよく考えると気にする必要がない、という結論に達したのだ」

「私はバニルさんが大丈夫《だいじょうぶ》だって言うから安心していたのですけど、詳《くわ》しい方法をまだ聞いてませんでした。どうするんですか？」

自信満々の旦那と信じて付いてきただけのウィズ。

……この時点で嫌《いや》な予感しかしないんだが、ウィズはなんで疑わないんだろう。旦那との付き合いは俺とは比べものにならないぐらい長いはずなのに。

「決まっておろう。こやつらを殲滅《せんめつ》して魔王軍の目撃者《もくげきしゃ》をなくせばいいだけではないか」

「ああ、なるほど……えええっ、倒《たお》しちゃうんですか⁉」

「それならバレる心配はいらねえな、さすが旦那だぜ！」

バニルの旦那の案に直《す》ぐさま飛びつき納得《なっとく》したが、仲間達は複雑な表情をしている。驚いているのか呆《あき》れているのか。判断が難しい。

「……バニルさんもウィズさんも魔王軍関係者だったの？　バニルさんはすんなり納得したけど、まさかウィズさんまで」

「今の話が本当だとしても、魔王軍を裏切ってこっちに付くって話だよな？」

「状況《じょうきょう》が理解不能なのだが」

仲間は急に増えた情報量に混乱しているらしい。

他の冒険者《ぼうけんしゃ》達の反応も気になったから、そっちを見てみると……話を聞いてなかった。

正確にはそれどころではないようだ。

「なんか知らんが、モンスターが悶えている今がチャンスだ！　今のうちにたこ殴りにしてやれ！」

「魔法も矢もじゃんじゃん撃《う》ち込め！」

「オラオラ！　戦争中にふぬけてんじゃねえぞ、ごらあああっ！」

どっちが魔王軍か分からない暴言を吐きながら、冒険者一同は既《すで》に戦闘《せんとう》に入っていた。
誰《だれ》もが戦いに必死でこっちの事は気にもとめていない。

モンスター達は空気を読んだのか、俺達から少し離《はな》れた場所で迎撃《げいげき》している。……いや、違《ちが》うなあれは。どさくさに紛《まぎ》れてバニルの旦那から逃《に》げようとしてやがる。

その証拠《しょうこ》にモンスター達は戦いながら何度もバニルの旦那の方をチラ見していて、全然戦闘に集中してない。

まあ、それのおかげでアイツらもなんとか渡《わた》り合えているようだから、バニルの旦那には感謝しないと。

「バニル様、ウィズ様、本当に人間の味方をされるつもりなのですか？」

「そもそも、魔王軍に入ったのは魔王に懇願《こんがん》されて入っただけの単なる暇潰《ひまつぶ》し。それに、元幹部であって今はフリーの身。そこのポンコツ店主は、結界の維持《いじ》を担当するだけのなんちゃって幹部である」

「はい、実はそうなんですよ。立場的には中立不干渉《かんしょう》という事になってます」

「で、では、魔王軍に敵対するのはルール違反《いはん》では⁉」

確かにルーゼリの言う事はもっともだ。今は干渉しまくってるし、中立とはほど遠い立ち位置にいるよな。

「そうですね。私はアクセルの街に肩入《かたい》れしてますから、中立とは呼べないかもしれません」

「だったら、この状況は契約《けいやく》違反では？」

有利に話をすすめられるとでも思ったのか、絶望に染まっていたルーゼリの表情に希望の色が見える。

「ですが、私は結界維持と中立でいる条件として、冒険者や騎士《きし》など、戦闘に携《たずさ》わる者以外の人間を殺さない方に限る、というお話でした」

「私達はまだ冒険者以外には手を出していません！　ですから――」

ルーゼリは話の途中《とちゅう》で黙り込む。ウィズから押し寄せてくる寒気に言葉を失っている。

そして、その影響《えいきょう》はこっちにもきている。

「さぶっ、さぶうううう！　よっし、仕方がねえ。抱《だ》き合って温め合おうぜ」

「嫌に決まってるでしょ。ちょっと、風除《かぜよ》けになりなさいよ！」

「冷たい女も嫌いじゃないが、マジで冷たいのは勘弁《かんべん》してくれ」

「……なあ、お前ら。俺の後ろに隠《かく》れるのやめないか？」

一番図体《ずうたい》のデカいテイラーを盾《たて》にして、俺達はその後ろに固まっている。

文句を言っているが、あまり出番のないテイラーに役立つ機会を与《あた》えてやったんだから感謝して欲しいぐらいだ。

「あなたはこの街の住民と一緒《いっしょ》に酷たらしく死んで、と仰《おっしゃ》いましたよね。この街はとても大切な場所なのです。あなた方に私の店や大事なお客さんを傷付けさせたりはしません！」

ウィズを中心に吹《ふ》き荒《あ》れる寒気の渦《うず》が増したので、俺達は逃《のが》れるように距離《きょり》を取る。このままここにいたら確実に氷漬けになる。

「久々に氷の魔女《まじょ》らしさが出ているではないか」

いつの間にか避難《ひなん》したのか、俺達の隣で腕《うで》組みをしながらバニルの旦那が感心している。体の表面に霜《しも》が降りてるけど。

「ウィズってあんなに怖《こわ》い顔するんだな」

「昔は常に不機嫌《ふきげん》そうであったぞ。我輩にからかわれてはぶち切れておった。毎回、わざわざ我輩の下《もと》に訪《おとず》れては良質な悪感情を垂れ流す、デリバリーの高級弁当のような存在であったわ」

旦那、さすがにその喩《たと》えはどうかと思うぜ。

過去はともかく、ウィズが本腰《ほんごし》を入れて参戦してくれるのはありがたい。爆裂《ばくれつ》魔法の威《い》力《りょく》や現状から分かるように、これで戦力が大幅《おおはば》アップだ。

バニルの旦那もルナに買収されて手伝ってくれるらしいからな。となれば勝ち確定だろ。

「勝ったな、ふっ」

「チンピラ冒険者よ、そういう不用意な発言はフラグと呼ばれるらしい。発言の内容と逆の現象を呼ぶ呪《のろ》われた言葉だと、あの小僧《こぞう》が言っておったぞ」

「あー、俺もカズマがそんな事を言ってたの聞いたことあるぜ。でもよ、この状況は勝ち確定だろ」

吹き荒れるブリザードに晒《さら》され、体の表面に霜が貼《は》り付きガタガタ震《ふる》えるだけのルーゼリと、徐々《じょじょ》に間合いを詰《つ》めていくウィズ。

どう考えても圧勝だ。

「これが長く続くのであれば、ウィズが負ける事はない。だがな、見くびってはいかんぞ。とんでもないミスを当たり前のようにやらかすのが……ポンコツ店主のポンコツたる由縁《ゆえん》だ」

「旦那、心配しすぎだって……なあ、なんでいきなり倒《たお》れたんだ、ウィズ」

唐突《とうとつ》に吹雪《ふぶき》がやむと、ウィズがうつ伏《ぶ》せで地面に倒れ伏した。

えっ、なんの前触《まえぶ》れもなく、一体全体どうしたんだ？

想像もしなかった光景に頭が追いつかず呆気《あっけ》にとられているが、追い詰《つ》められていたルーゼリが一番納得いっていないようで、目を丸くして動かないウィズを凝視《ぎょうし》している。

「やはり、考えておらなかったか。氷の魔女の異名を持つというのに、頭に血が上ってどうするのだ。まったく、手間の掛かる」

バニルの旦那だけが理解しているようで、大きなため息を吐《つ》いている。

「ウィズがいきなり倒れたけどよ、何があったんだ？」

「原因は爆裂魔法だ。あれでガッツリ魔力を持っていかれ、さっきまでの攻防《こうぼう》で残りの大半を消費していた。そこで、あのように魔力を垂れ流しては、こうなるのも必然であろう」

あーっ、そうか！　あの爆裂娘《むすめ》も魔法をぶっ放した後は直《す》ぐ動けなくなっていた。ウィズはめぐみんより魔力量は多いみたいだが、これまでの争いで魔力が限界に達したのか。

「な、なんか、よく分からないけど脅威《きょうい》が一つ消えたようね！」

命拾いしたルーゼリが胸を撫《な》で下ろし、強気な態度に戻りやがった。

「確かにウィズは自滅《じめつ》したが、こっちにはまだバニルの旦那が残っているのを忘れてないか？　てめえに勝ち目なんてないんだよ、この雑魚《ざこ》が！　ささっ、旦那。ガツンとやってくださいよ」

言いたいことを言ってから、この場をバニルの旦那に譲《ゆず》る。

「他人任せなのに、あの態度。引くわー」

「あそこまでクズには俺もなれねえぜ」

「仲間だと思われたくないのだが」

俺の背後で仲間が陰口《かげぐち》を叩《たた》いている。

振《ふ》り返ると、すっと目を逸《そ》らされて距離を置かれた。……他人の振りすんな。

「我輩《わがはい》が始末しても構わぬのだが、あれは手が出せぬな」

「旦那ー、サボりたいだけじゃねえのか。面倒臭《めんどうくさ》がらずに手伝ってくれよー。手が出せないって、どういう……そういう事かよ」

旦那が顎《あご》で指す方に目をやると、背中を丸めて激しく震えるルーゼリの背中から、巨大《きょだい》な翼《つばさ》が生えていく最中だった。

膨張《ぼうちょう》していく体が服を内側から引き裂《さ》き、全身を赤い鱗《うろこ》が覆《おお》い頭からは二本の角が伸《の》びていく。

普通《ふつう》なら驚《おどろ》く光景なのだろうが、俺にとっては見慣れた変身でしかなかった。

何倍にも膨《ふく》れ上がった体に巨大な翼。誰《だれ》もが知る最強のモンスターの一角、ドラゴンがそこにいた。

あの真っ赤な鱗からしてレッドドラゴンか。

翼を羽ばたかせ宙に浮《う》くと、器用に空中で停滞《ていたい》している。

「空中ならばバニル様の攻撃《こうげき》も届かないでしょ。人間相手にこの姿になるのは屈辱《くつじょく》だけど、冥土《めいど》の土産《みやげ》にご覧なさい。ドラゴンは年を経《へ》ると人に化ける術を得られるのよ。あら、驚いて声も出ないのかしら、無理もないわね……あれ？　あんた達、リアクション薄《うす》くない？　もっと絶望したり悲鳴を上げたりしていいのよ？」

「そんな事言われてもなあ」

耳から聞こえるのではなく直接頭に響《ひび》いてくる声に対して、面倒臭そうに言葉を返す。

見た目に反して流暢《りゅうちょう》に話すドラゴンをぼーっと眺《なが》めて思ったことは、フェイトフォーもいずれこんな風に話せるようになるのかね、ぐらいだった。

仲間も人からドラゴンへの変化は何度か見ているので慣れてしまっている。

「ま、まあ、いいわ。その余裕《よゆう》ぶった顔が恐怖《きょうふ》に変わるのも時間の問題でしょうからね。魔法でも矢でも撃《う》ってごらんなさい。この鱗はどんな攻撃も通さないから」

試《ため》しにキースとリーンが矢と魔法を放つが、距離で威力が弱まったのもあるが強固な鱗に阻《はば》まれて、ダメージを与《あた》えられなかった。

「ふふっ、これで打つ手なしのようね。遠距離は効かず、至近距離まで寄る術《すべ》はない。さあ、命乞《いのちご》いを……ねえ、なんでそこの幼女は突然《とつぜん》服を脱《ぬ》いでいるの？」

ルーゼリが気持ちよく話しているのを無視して、フェイトフォーが服を脱ぎ始める。

リーン達が慌《あわ》てて取り囲み、周りから見えないように目隠《めかく》しをした。

「そりゃお前、服が破れたら困るだろうが。お気に入りの一着らしいからな。ちゃんと畳《たた》んだのか、偉《えら》いぞフェイトフォー」

「うん、リーンにおちえてもらった」

「物覚えがいいからね、この子は」

この状況でも脱いだ服をきちんと畳めるなんて成長したもんだ。褒《ほ》めて頭を撫《な》でてると、嬉《うれ》しそうに目を細めている。

「あなた達はなんで和《なご》んでいるの？　状況を正しく理解しているのかしら。かなり絶望的なのよ？」

空中で首を傾《かし》げているレッドドラゴン。

今は隙《すき》だらけなのに攻撃もせずに待っているなんて律儀《りちぎ》なヤツだ。

「そこまで絶望的じゃないからな。まあなんとかなるだろ。それよりも、待たせて悪かったな」

俺が振り返って槍《やり》の石突《いしづ》きを地面に突き刺し、ニヤリと笑う。

後方から強風が吹《ふ》き付け、周囲に砂埃《すなぼこり》が舞《ま》う。

風がやんだ先にいたのは、ドラゴンに戻《もど》ったフェイトフォー。

白き翼を大きく広げ天に向かって咆哮《ほうこう》する。

「ぐるああああああっ！」

「ホワイトドラゴン⁉　なんでこんな場所に！」

コイツは今日一日、何回驚いたら気がすむんだろうな。

そんな事を考えながらフェイトフォーの背に跨《また》がると、その後ろにリーンも乗ってきた。

「遠距離攻撃の人手も必要でしょ」

「リーンが来てくれるなら心強いぜ」

魔法の援護《えんご》だけじゃなく、精神面でもな。

「じゃあ、俺も俺も！」

「ここは空気を読むべきだろ、キース」

更《さら》に後ろに飛び乗ろうとしていたキースの首根っこをテイラーが掴《つか》む。

引き摺《ず》り下ろしたキースを片腕《かたうで》で羽交《はが》い締《じ》めにして、もう片方の腕でテイラーが愛用している盾を俺に渡《わた》した。

「これぐらいしかしてやれないが、期待して待っているぞ」

「ああクソ！　美味《おい》しいところ譲《ゆず》ったんだから、ちゃんと倒《たお》してこいよ！」

「任しておけっての。残りの敵は頼《たの》んだぜ、キース、テイラー」

俺は槍、テイラーは剣《けん》、キースは弓を突き出し先端《せんたん》を重ねる。

フェイトフォーが力強く羽ばたき宙に浮《う》かんでいく。

レッドドラゴンは逃《に》げるように今よりも上空へと昇《のぼ》っていったので、俺達も後を追う。

他《ほか》の冒険者《ぼうけんしゃ》に出来るだけ姿を見られたくないから、こっちにも都合がいい。

戦場の遥《はる》か上空でようやくレッドドラゴンが動きを止めると、こちらへと向き直った。

「この速度にも付いてこられるのね。まさか、こんなところで希少種のホワイトドラゴンに遭遇《そうぐう》するなんて思いもしなかったわ。それを乗りこなす人間がいるのにはもっと驚いたけど。あなたってもしかして、レア職業のドラゴンナイトなのかしら？」

「ご明察通り。といっても元、だけどな」

今更《いまさら》隠す必要もないので認めておく。

「ふーん、ドラゴンナイトなんだ。確かここの隣国《りんごく》に最年少でドラゴンナイトになった騎《き》士《し》がいるって話だったけど」

「ああ、それ俺だぜ」

「やっぱり！　噂《うわさ》ではどんなドラゴンでも魅了《みりよう》するドラゴンたらしって話だったけど、なるほどね。あなたを一目見たときに胸がざわついたもの。ねえ、そのホワイトドラゴンから私に乗り換《か》えない？」

色っぽい声で誘惑《ゆうわく》してくるが、ドラゴン状態で色気出されても反応に困るんだが。

あと、フェイトフォーが頭をこっちに向けて訴《うった》えるような視線を向けてくるのがすっげえ気になる。

「悪いが俺の相棒はコイツって決まってんだよ。他のドラゴンに浮気《うわき》する気はねえ。……ぷはっ、顔を舐《な》めるな！　うおっ、バランスが崩《くず》れるからやめろって」

俺の回答が嬉しかったのか、大きな舌でべろべろ顔面を舐めてくるから前が見えない。

「あら、フラれちゃった。まあ、いいわ。ドラゴンの世界は弱肉強食、強いものには従うのがルール。あなたも、その子も倒して力尽《ちからず》くでものにしてあげるから」

「強引《ごういん》な女も嫌《きら》いじゃねえが、俺の相棒も恋人《こいびと》の席も既《すで》に埋《う》まってんだよ」

それは口にしなくても伝わるだろう。ここにいる——。

「へえー、初耳なんだけど。あんたに恋人なんていたの？」

「ぐあうう？」

なんで揃《そろ》って訝《いぶか》しげにこっち見てんだよ！　お前らの事に決まってんだろうが。

ここで説明するのも恥《は》ずかしいから、照れ隠《かく》しに両方の頭を豪快《ごうかい》に撫でておく。

フェイトフォーは喜んでくれているが、リーンはむくれた面《つら》でじっとこっちを睨《にら》んでいる。

「ちょっと、何よ。髪型《かみがた》が崩れるでしょ！」

「察しが悪い女だな！」

「どういう意味よ！」

普通は分かるだろ。俺がお前を好きだってのも伝えているはずだ。だったら、この……あれ、リーンの首筋が真っ赤だ。まさか、コイツも照れ隠しでやってんのか？

「あのさー。目の前でいちゃいちゃするのやめて真面目《まじめ》にやってくれない？ 戦闘《せんとう》中なんですけど」

「すまん」

「ごめんなさい」

「くおーぅ」

反省した俺達は同時に謝った。

このドラゴンは空気も読めるし話の分かるタイプに見える。だったら、交渉《こうしょう》の余地はあるんじゃないか？

「なあ、マジで引く気はないか？　ここであんたが俺に勝ったとしても、その後バニルの旦那をどうにかしないといけないんだぜ。そこんとこ分かってんのか？」

「はあーっ、それなのよね。本当は尻尾《しっぽ》を巻いて逃《に》げたいんだけど、そういうわけにはいかないのが管理職の辛《つら》いところなの。魔王《まおう》軍は王都との同時攻略《こうりゃく》に本腰《ほんごし》を入れていてね。ここで何かしらの戦果を挙げないと、色々と問題になるのよ」

ドラゴンが頬《ほお》に手を当ててため息を吐いている。なかなかにシュールな光景だ。

「魔王軍抜《ぬ》けちまえばいいだろ。ドラゴンなら再就職先を斡旋《あっせん》可能だぜ？」

ドラゴンナイトが乗るドラゴンを求めている国を誰《だれ》よりも知っているからな。

ルーゼリなら言葉も通じるから制御《せいぎょ》も容易《たやす》いはずだ。

「フリーのドラゴンって肩身《かたみ》が狭《せま》いのよ。それに魔王軍の暮らしも悪くないから。あとね、散々人間を殺しておいて……人間側に下るのって格好《かっこわる》悪いでしょ」

「そうか。なら、仕方ねえよな。全力でお相手するぜ！」

ルーゼリには譲《ゆず》れない矜持《きょうじ》があるのだろう。

だったら、これ以上の言葉は無用だ。

「あら、嬉しいわ。ほんと、いい男ね……あなたは。さあ、勝っても負けても恨《うら》みっこなしよ。思う存分ぶつかり合いましょう！」

互《たが》いに一度大きく距離《きより》を取り、正面から向かい合う。

レッドドラゴンはフェイトフォーより二回りほどデカい。素早《すばや》さだとフェイトフォーが勝っているが、単純な力押しだと勝ち目はない。

レッドドラゴンは火属性なので火に対する耐性《たいせい》がある。火炎《かえん》のブレスを浴びせたところでダメージは軽度。

逆にこっちは相手の炎《ほのお》に気を付けなければならない。フェイトフォーは火への耐性があり、契約《けいやく》を結んでいる俺にもその恩恵《おんけい》はある。

だが、後ろにいるリーンはそうじゃない。火炎のブレスをくらえばひとたまりもない。

「ブレスは絶対にくらうな。なんとしても避《よ》けてくれ」

フェイトフォーの首筋を軽く叩《たた》き、耳元に顔を近づけて指示を出す。

少し不思議そうな顔をしていたが、その目が後ろのリーンを捉《とら》えた瞬間《しゆんかん》に大きく頷《うなず》いた。

頭のいい子だから瞬時に分かってくれたようだ。

そんな俺の心配を予期していたかのようなタイミングでルーゼリが大きく口を開く。

口の奥からせり上がってくるのは炎。

「フェイトフォー!」

直進していた体を強引に方向転換《てんかん》して、火炎のブレスを直前で躱《かわ》す。

すれ違《ちが》う形になったが直《す》ぐさま方向転換をして相手の後ろに陣取《じんど》る。

「背中ががら空きだぜ！」

隙だらけの背中に槍の一撃《いちげき》を叩き込もうとしたが、尻尾を振《ふ》るわれ防御に切り替《か》える。

人間がドラゴンの一撃を普通《ふつう》に受け止めたらタダではすまない。テイラーから譲《ゆず》り受けた盾《たて》を斜《なな》めに傾《かたむ》けて表面を滑《すべ》らすようにして凌《しの》ぐ。

それでも全身に衝撃《しょうげき》が走るが、フェイトフォーとの契約によりドラゴンの力の一部を得ている俺なら耐《た》えられる。

「うわっ！　だ、大丈夫《だいじょうぶ》？」

「余裕、余裕」

とリーンに軽口で返したが、内心はかなりの焦《あせ》りがある。

人型になれるドラゴンは長い年月を生きた個体のみ。だから、初めから強敵だと構えてはいたが……想像以上だ。

スピードだけはフェイトフォーが上回っている。しかし、他のすべてが格上の存在。

何度か攻撃を仕掛《しか》けるが、尻尾で捌《さば》かれるか赤い鱗《うろこ》に弾《はじ》かれるかの二択《たく》だ。

リーンも隙を見て魔法を放っているが、当たってもダメージが入っているようには見えない。魔法防御力も高いらしく、紅魔族《こうまぞく》並みの魔力でもないと魔法は無意味か。

ここまでの実力差となると、もしかしてこいつは。

「お前さん、もしかしてかなりの……ババアなのか？」

「はあああんっ⁉　いきなり何言ってくれてるのよ！　この艶々《つやつや》の鱗を見たら分かるでしょ。まだまだピッチピチよ！」

レッドドラゴンが空中で手足を振《ふ》り回して、猛烈《もうれつ》に抗議《こうぎ》している。

若いヤツがピッチピチなんて言うかね。

「だってよ。ドラゴンって年食えば食うほど強くなんだろ？　こんだけ強いって事は高齢《こうれい》って事じゃねえか」

「失礼な事を言わないでちょうだい！　確かに、まあちょっとは熟ドラゴンかもしれないけど、私がここまで強いのは魔王様の存在が大きいのよ。聞いた事ない？　魔王様が生まれるとモンスターは日ごとに強くなるって。その代わり、魔王様が倒されると一段階ぐらい弱体化しちゃうらしいわ」

「げっ、マジかよ。そんなのイカサマじゃねえか」

「ただでさえ強力なドラゴンなのに長寿《ちょうじゅ》ってことは……そりゃ強いわけよね」

リーンの言う事に完全同意だ。

相手の攻撃は躱せる、こっちの攻撃は当たるが鱗を貫《つらぬ》けない。魔王の力でどれだけ強化されているのかは不明だが、それがなくなれば勝機もある。

……と、無い物ねだりをしても仕方ねえか。

「ふふっ、あの威勢《いせい》のいい態度はどこいったのかしら。ほらほら、突《つ》いてみなさいよ」

こっちの攻撃が通じないからって調子に乗ってやがるな。

空中で静止して、人差し指をくいくいっと動かし俺を挑発《ちょうはつ》してくる。

手詰《てづ》まりの状態で煽《あお》ってくれるじゃねえか！

「こ、この野郎《やろう》っ」

「こーら。あんな見え見えの挑発に引っかからないでよ。冷静に、冷静にね。大丈夫、あんたならやれるわ」

耳元で優《やさ》しく囁《ささや》く声を聞いて、頭に上っていた血がすっと落ちていく。

そういえば、こんな事……前にもあったな。

俺がリーン達のパーティーに加入したばかりの時期だったか。

＊　＊　＊

騎士時代の癖《くせ》が抜《ぬ》けていなかった俺は慣れていない剣の間合いを見誤り、相手の攻撃を食《く》らい仲間をピンチに陥《おちい》らせた。

「くそっ、俺のミスだ。お前らは逃《に》げてくれ！　殿《しんがり》は任せろ。逃げる時間ぐらいは稼《かせ》ぐ！」

失敗を取り消そうと一人モンスターに向かっていく直前、背中に衝撃を受けて前のめりに倒《たお》れかける。

「いってえな！　何すんだ！」

振《ふ》り返ると、そこには腰に手を当てて怒《いか》りの形相で立つ……リーンがいた。

「新入りが格好付けてんじゃないわよ。あんた、今まで一人でなんでも出来ちゃうタイプだったんじゃない？」

「そ、そんな事は」

ぐいぐいと顔を近づけてくるから、生暖かい吐息《といき》が当たる。

「あのね、あたし達はパーティーなの。一人で勝てなかったら、仲間を頼《たよ》る。失敗しても仲間を頼る。その代わり仲間が危ないときは……分かるでしょ？」

そこまで言うと俺の両肩に力強く両手を振《ふ》り下ろし、満面の笑《え》みを見せた。

「一緒《いっしょ》に踏《ふ》ん張るのよ。大丈夫、あんたならやれるわ！」

＊　　＊　　＊

「この場面でなに呆《ほう》けてんのよ。しっかりしなさいよね」

リーンの怒《おこ》った声で過去に飛んでいた意識が戻《もど》る。

「また、助けられちまったな」

「また？」

リーンは覚えてないか。

「こっちの話だ。ほんじゃ、今度はこっちの攻撃と行くか。リーンも頼《たの》むぜ」

「ようやく出番ね。守られるだけの女じゃないってところを見せ付けてあげるわ。ねっ、フェイトフォーちゃん」

「ぐあううう！」

女同士で意気投合してやがる。頼もしい限りだぜ！

仕返しとばかりにフェイトフォーが炎を浴びせるが、ルーゼリは炎をものともせず掻《か》き分けるように炎を貫《つらぬ》いてくる。

「そうくると思ったわ。『フリーズガスト』」

炎を抜けた先にあるのは白い冷気の霧《きり》。そこに頭から突っ込むルーゼリ。レッドドラゴンは火属性だから魔法に耐性があったとしても、この冷気が少しは効くはずだ。

「ぐぎゃあああああああっ！　やってくれるじゃないの！　ど、どこに行った⁉」

冷気の衝撃で動きが止まり、頭を激しく振り叫《さけ》んでいる。その隙《すき》に俺達は相手の更《さら》に上へと移動していた。

……今の反応はなんだ？　氷が弱点なのかもしれないが、それにしても反応が大袈裟《おおげさ》すぎる。向こうが芝居《しばい》をしていて、こっちが誘《さそ》いに乗ったところを返り討《う》ちにするつもりなのかと警戒《けいかい》したが、本気で苦しんでいるようにしか見えない。

「あ、あれ？　魔法効いちゃったね」

放った本人も驚《おどろ》いている。

眼下には慌《あわ》てて辺りを見回しているレッドドラゴンの姿が見える。その動作の一つ一つが、さっきより鈍《にぶ》い気が。冷気で体が冷えたのか？

違う、気がする。さっきより弱体化したから魔法が効いた、と仮定するならどうだ。

弱くなったって事はつまり……これは、もしかしたら、もしかするぞ。

「やりやがったのか……カズマ！」

「この状況《じょうきょう》で気でもふれたの？　その笑顔《えがお》怖《こわ》いんだけど」

笑ってたのか俺は。この予想が当たっていたとしたら、ダチが作ってくれた絶好のチャンスだ。

「しっかり、捕《つか》まってろよ！」

真下へと墜落《ついらく》するように頭から落ちていくフェイトフォー。

「きゃっ……」

後ろから一瞬《いっしゅん》叫び声がしたが、なんとか口を噤《つぐ》んでくれたようだ。

必死になって落下の恐怖《きょうふ》と速度に耐《た》えているのが、腹に回った腕《うで》に込められた力から察する事が出来る。

俺は押し寄せる風圧に顔を歪《ゆが》めながらも、決して目は閉じずにレッドドラゴンの背中の一点を注視する。

ドラゴンの弱点といわれている一枚だけ逆さに生えた鱗――逆鱗《げきりん》へと渾身《こんしん》の一撃を叩き込んだ。

槍《やり》の穂先《ほさき》は狙《ねら》いを違《たが》うことなく、逆鱗を貫き深々と突《つ》き刺《さ》さる。

ルーゼリは力を失い、地上へと落下していく。

地上に激突《げきとつ》した衝撃と巻き上がる砂煙《すなけむり》に冒険者《ぼうけんしゃ》やモンスター達が注目する。そして、自分達の指揮官が負けた事を悟《さと》ったモンスターが一斉《いっせい》に退却《たいきゃく》をし始めた。

危険がない事を確認《かくにん》した俺達は戦場からは見えない場所に着陸。人に戻《もど》ったフェイトフォーを背負って、仲間と冒険者が待つ正門前へと帰還《きかん》した。

4

「おーい、てめえら無事かー」

大きく手を振りながら冒険者達へ駆《か》け寄っていく。

全員が疲《つか》れ果てて地面に座り込んではいるが、守り切った達成感なのか表情は明るい。

……いや、明るかった。俺の顔を確認するまでは。

ヤツらの顔が一斉に渋面《じゅうめん》へと変化すると大きく口を開く。

「また土壇場《どたんば》で逃げやがって！　よくも、おめおめと顔が出せたもんだ！　敵が急に弱くなったからなんとかなったが、滅茶苦茶《めちゃくちゃ》ヤバかったんだぞ！」

やっぱり、こっちの敵も弱体化していたか。マジでやったんだな、カズマ。

「安全になってからやってくるなんて……。このゴミ、クズ、外道《げどう》、ダスト！」

「ぷるぷる震《ふる》えやがって！　ずっと隠《かく》れていたくせにまだびびってんのかよ！」

冒険者連中の無事を素直《すなお》に喜んでいた俺に対し、ここにいる冒険者のほとんどが大声で罵倒《ばとう》してきやがった。

人の苦労も知らないで、言いたい放題言いやがる！

「震えているのは、お前らに対しての怒りだあああっ！　誰《だれ》がびびってるだ、ああんっ！　俺が陰《かげ》でどんだけ活躍《かつやく》していたかも知らないくせによ！　よーし、テイラー、キース、俺の武勇伝を語ってやれ！」

仲間の二人に話を振《ふ》ると、顔を見合わせて大きく息を吐《つ》く。

「まあ、ほら、それなりに頑張《がんば》っていたと思うぞ」

「そうだな。結構、やっていたような？」

「下手《へた》くそか！　ちゃんとフォローしろよ、ここぞとばかりに褒《ほ》め称《たた》えろよ！」

曖昧《あいまい》な発言しかしない仲間に怒鳴《どな》り散らすと、二人がすっと近くに寄ってきて囁く。

「……ダスト、お前やフェイトフォーの正体を隠したままとなると、なんて言っていいのか分からん」

「そうだぜ。隠したまま褒めるのって難しいんだぞ」

そう言われると言い返せない。

俺の活躍を語るには正体を明かす必要が出てくる。

ドラゴンナイトだった過去を知られたくないのもあるが、それよりもフェイトフォーだ。ホワイトドラゴンは希少種で価値が高い。存在が知られたら悪党共に狙われるに決まっている。

フェイトフォーの事を考えると、耐《た》えるしかない。

「うつむいてんじゃねえぞ。ほら、言い訳しろよ！」

そう、理不尽《りふじん》な罵倒にも耐えて。

「うまい言い訳が思いつかないからって黙《だま》ってんじゃねえぞ！　日頃《ひごろ》は無駄《むだ》に饒舌《じょうぜつ》な口でさえずってみろや。この、びびり野郎！」

耐えて……。

「そんなんだから女にモテないのよ。童貞臭《どうていくさ》くて嫌《いや》になっちゃうわ」

…………。

「童貞は関係ねえだろ！　クソビッチ共があああっ！　お前ら、今回の戦いで活躍したからカズマに告白して玉の輿《こし》をゲットしようなんて考えてたんだろ、知ってんだぜ！　残念だったな、それは俺が流した嘘《うそ》の情報だ。バーカ、バーカ、尻軽《しりがる》女ざまあ！　この際だ、そこの不細工な野郎共にも言っておくぞ。あの淫夢《いんむ》は俺の持ち込んだ企画《きかく》だ。俺の考えた作戦でムラムラした気分はどうだ、ああっ？　ぎゃはははははは！」

あー、スッキリした。言いたい事を吐《は》き出せて気分爽快《そうかい》だ。

俺の反撃《はんげき》に返す言葉もないようで全員が黙り込んでいる。

「けっ、俺様に口で勝とうなんて……おい、魔王《まおう》軍との戦闘《せんとう》は終わったんだぞ。武器はしまおうじゃねえか。祝勝会に暴力は似合わねえぜ」

武器を手にした連中がじりじりと迫《せま》ってくる。

「ちょっと待て、俺が悪かった、反省する！　だから、話し合おうじゃねえか。暴力反対、みんなで仲良く酒でも酌《く》み交《か》わそうぜ」

俺が必死でなだめると少し怒りが収まったのか、全員が足を止めて武器を降ろし、特大のため息を吐《つ》いた。

「お前もカズマも他人の神経を逆なでするのだけは天才的だな……」

「おいおい、ダチと俺を一緒にするなよ。カズマは無自覚でやってるけどよ、俺は悪意ありだぜ？」

カズマとの違いをハッキリさせると同時に、ガチャリと金属のこすれるような音がした。

一度鞘《さや》に収めた剣《けん》を再び抜《ぬ》く冒険者達。

そして俺を睨《にら》み付けると、大きく息を吸って一言。

「「「「余計タチが悪いわ！」」」」

エピローグ

アクセルの街の攻防戦《こうぼうせん》から数時間が経過した。

あれほど大きな戦いがあった後だというのに、街はいつも通りの喧騒《けんそう》に包まれていた。大怪我《おおけが》をしていた連中も、プリーストに回復してもらうとその体で宴会《えんかい》に参加している。

この街らしいといえば、それまでなんだが。

少し気になる事といえば、妙《みょう》な噂《うわさ》話が冒険者の間で広まっているぐらいか。

「俺は見たんだ。大空でドラゴン同士が戦っていたのを！　赤と白のドラゴンが一進一退の攻防を繰《く》り広げていたんだ。嘘じゃねえって！」

「私も見たよ。白い方のドラゴンの上には人も乗っていたの！　きっとあれは噂に聞く天才ドラゴンナイト様が救援《きゅうえん》に来てくれたに違《ちが》いないわ！」

とまあ、何人かが今もギルド内で仲間に熱弁を振るっているのが聞こえてくる。聞かされている方は適当に相手をしているだけで、本気で信じている様子はない。

たぶん、数日の内に忘れ去られるはずだ。

そんな噂話に耳を傾《かたむ》けながら、俺達はギルドの酒場でいつものように酒を飲んでいた。

「今頃《いまごろ》カズマ達は何をしているのだろうな。無事、魔王城へたどり着いたのだろうか」

不意にテイラーが呟《つぶや》く。誰《だれ》かに話し掛《か》けた、という感じではなく独り言のようだった。

「カズマはアクアを連れて帰ってくるだけだ、なんて言っていたけどよ。いつものパターンだと大事に巻き込まれて、なし崩《くず》し的に魔王討伐《とうばつ》とかやってそうだよな」

キースが酒のつまみを囓《かじ》りながら相づちを打つ。

「確かにありそう。で、文句を言いながら魔王相手に卑怯《ひきよう》な手で立ち向かう、とかね。もし、そうなっていたとしたらダストは勝ち目あると思う？」

リーンに話を振られて、少し考える。

カズマと魔王の戦いか。そうだな……。

「普通《ふつう》なら勝ち目ゼロだろうけどよ、なんとかするんじゃねえか。俺達もスキル教えてやったし、運だけは強いからなダチは」

と口にしながらも、俺はカズマが魔王討伐を成し遂《と》げたと確信している。

もし、俺の予想が外れていて、カズマに何かあって助けがいるなら、フェイトフォーと一緒《いつしよ》に助けに行くってのも手もある。

頼《たよ》りにしている相棒が何をしているか気になって視線を向けると、幼女の姿で大飯を食《く》らっている。

今日は体力をかなり消耗《しょうもう》しただろうからな。思う存分食っていいぞ。

「カズマには無事帰ってきて、英雄《えいゆう》が使った大事な剣を返してもらわないとね」

「おおっ、それだそれ！　英雄となった親友に貸し与《あた》えた剣となれば、膨大《ぼうだい》な値が付くぜ。売れば一生遊んで暮らせるぞ！」

「売る気なんて微塵《みじん》もないくせに……」

「リーン、何か言ったか？」

「別にー」

さっきまでご機嫌《きげん》だったくせに、なんで不貞腐《ふてくさ》れてんだよ。女ってのは、いつまで経《た》ってもよく分かんねえ生き物だ。

「もしカズマが魔王を倒したら英雄様に昇格《しょうかく》かー。想像できねえなあ」

「確かに。そうなったら手の届かない存在になるのだろうか」

キースとテイラーが虚空《こくう》を見つめて難しい顔をしている。

「はっ、無駄な心配してんじゃねえよ。もしカズマが魔王を倒したら調子に乗ってウザいぐらい自慢《じまん》してくるから俺達が怒《おこ》って大乱闘って流れだろ。いつもと変わらねえよ」

カズマは変わらないさ。まあ、確実に脚色《きゃくしょく》たっぷりの面倒臭《めんどうくさ》い自慢話はしてくるだろうけどな。

その光景を想像してみるが、意外な事にそんなには腹が立たない。ウザいのはウザいが。

あっちでは世界の命運を決める戦いをしているかもしれない、というのにこちらは呑気《のんき》なもんだ。

ギルド内の酒場では昼間から冒険者が酒を飲みバカ騒《さわ》ぎをしている。

「今回は俺らも大活躍したよな！　デュラハンの時もデストロイヤーの時も、カズマのところに頼りっぱなしだったからよ」

「そうだな。この戦いは胸を張って俺達が守ったたって言えるぜ！」

近くの席の冒険者パーティーが自慢話に花を咲《さ》かせている。

アクセルの街防衛戦は全員の力を合わせた結果だ。俺が一番活躍したとは思うが野暮《やぼ》な事は言いっこなしだ。

皆《みな》が主役でいいじゃねえか。

「でもよー。どこぞの誰かだけはサボってたよなー」

「俺知ってるぜ。そいつ自称《じしょう》、この街の顔らしいぜ。ぶはははははっ」

「おいおい、やめてやれよ。臆病者《おくびょうもの》が泣いちゃうぞー。ぎゃはははははっ」

それが誰に向けられた言葉かは瞬時《しゅんじ》に理解できた。そいつらがこっちを見てムカつく顔で笑っているからな！

「てめえら、しつけえぞ！　まだ言いやがるか！　俺がどれだけ活躍していたのか、その体に理解させてやるぜ！」

「ほざくな！　まだ夢の恨《うら》み忘れてねえぞ！」

「お前の悪巧《わるだく》みで興奮させられた事実が許せねえ！」

逆恨《さかうら》みで殴《なぐ》り掛かってこようとした連中に対し、椅子《いす》を手に迎《むか》え撃とうとする。

「はい、やめやめ！　祝勝会やってんだから、バカな真似《まね》はしないの。暴れて気を失って次の日、ってなったら嫌でしょ」

「そうだぞ。皆の喜びに水を差すような真似はよすんだ」

リーンに怒《おこ》られ、テイラーに諭された連中は渋々《しぶしぶ》だが席へと戻《もど》っていった。

「怒られてやがんの、ざまあー」

「うっせえぞ、キース！　てめえもそんなに活躍してねえだろ。あ痛っ！　ぽんぽん頭を殴るなっ！　バカになったらどうすんだ！」

「ふっ。どうやったら、それ以上バカになれるのよ」

杖《つえ》を振《ふ》り下ろした格好のリーンに文句を言うと、鼻で笑われた。

相変わらず小憎《こにく》たらしい顔をしやがる。

ここ最近は距離《きょり》が縮まった気がしていたが、結局いつもと変わらない関係に戻ったな。

それでも好きだという感情に変わりがないのは、心底惚《ほ》れちまってるって事か。

まだ小言を口にするリーンを眺《なが》めながら、ゆっくりと酒を流し込んだ。


途中《とちゅう》参加のアイツらと一緒にバカ騒《さわ》ぎした祝勝会が終わり、俺はリーンと二人で正門近くの広場にいる。ベンチに腰掛《こしか》けぼーっと夜空を眺《なが》めている。

……どうしてこうなった？

酔《よ》い覚ましに外に出たらリーンが赤ら顔で「あたしも行くわ」と付いてきた。

ぶらぶらと深夜の散歩でとりとめのない話をして……今に至るわけだ。

で、何がしたいんだ!?

冷静を装《よそお》って無難な会話をしていたが、リーンの意図が読めない。

世間一般《いっぱん》で言うところのよいムードという感じはする。でもな、自慢じゃないがこういう場面でどうしていいのかが、さっぱり分からん！

セクハラなら平気でやれるけど、こういう甘い空気は苦手なんだよ。

ちらっとリーンに視線を向けると、頰《ほお》を赤く染めてじっと上目遣《うわめづか》いでこっちを見ている。

これは、あれだよな。間違《まちが》いない。キスを求めている顔だ！　そうだ、そうに決まっている！　ここでやらなきゃ、男がすたるってもんだ。

俺は震《ふる》える手をリーンの肩《かた》に添《そ》える。

少しだけ驚《おどろ》いた顔をしたが抵抗《ていこう》はしていない。それどころか、目を閉じた。

「先払《さきばら》いの残り払ってあげるね……」

これは、いけるぞ！

ゆっくりと顔を近づけていき、唇《くちびる》と唇があと少しで触《ふ》れる直前。

「だめーっ！」

という叫《さけ》び声と共に白い塊《かたまり》が、近くの茂《しげ》みから飛び出してきた。

それが俺の腹に直撃《ちょくげき》すると動きを止める。

「ぐはっ！　いきなり、何しやが……フェイトフォーか？」

「えっ、どうしてここに？」

俺の腹にぐりぐりと顔を擦《こす》りつけている幼女――フェイトフォー。

突然《とつぜん》の登場に俺もリーンも啞然《あぜん》としている。

「あのね、あのね。だちゅとはふぇいとふぉーのごちゅじんなの。りーんはめっ！　ふううううううっ！」

　フェイトフォーが歯をむき出しにしてリーンに威嚇《いかく》している。

「ち、違うのよ。別に奪《うば》おうとしたわけじゃなくて」

「があああっ！」

　慌《あわ》てて否定するリーンが手を伸ばすと、口を大きく開いて噛《か》みつく真似をする。

　人間の姿でこんなに感情をむき出しにして怒るの初めて見たな。……と冷静に考察していると、
もしゃあねえか。

「落ち着けって、フェイトフォー。なんでもないんだからよ。しっかし、よくこの場所が分かったな」

「んとね。きーちゅとかが、だちゅとのあとを追っかけてたの。ちょれで、いっちょについてきた」

「そうかそうか。きーちゅ……キースとか？」

「うん、あちょこにいるよ」

　俺の疑問に対し、フェイトフォーがあっさりと答えて、自分がさっきまで隠《かく》れていた茂みを指さす。

　その瞬間、ガサッと音がして枝が揺《ゆ》れたのを見逃《みのが》さなかった。

「よーし、そこにいるヤツ出てこい」

俺が茂みに向かって言い放つと「にゃーご」という野太い猫《ねこ》の声がした。

「なーんだ、猫か。よーし、リーン魔法《まほう》ぶっ放せ」

「了解《りようかい》。一発きついのお見舞《みま》いするわ」

リーンが凄《すご》みのある笑《え》みを浮《う》かべ俺の右隣《みぎどなり》に立つと、ターゲットに杖を突《つ》きつける。

「待った！　やめろ、今すぐ出て行くから！」

慌てて飛び出してきた人影《ひとかげ》が三つ。

バツが悪そうに笑うキース。頭を掻《か》いているテイラー。そして、メモ帳片手に目を輝《かがや》かすロリサキュバス。

「俺は止めたんだが、すまん」

「私はノリノリで覗《のぞ》いてました！　ちょっとだけモヤッとしましたけど、気にしないで続けてください！」

「俺達はそこら辺の草だと思って最後までしていいぞ。……あと一歩のところで邪魔《じやま》してやるけどな」

謝ったのはテイラーだけで、二人は反省の色すらない。

キースは最後の方が聞こえなかったが、あの顔はろくな事を考えていない。

「するもなにも、そんな気は失《う》せちまったよ。なあ、リーン」

「そう？　あたしは平気だけど。むしろ、見せつけてやろうじゃないの」

「ええええっ!?」

予想もしなかった返答に慌てて左を向くと、そこには優《やさ》しく微笑《ほほえ》むリーンがいた。

さっきと同じように目を閉じて、少し背伸《せの》びをしている。

周りの目が気になるが、ここでリーンに恥《はじ》をかかせられるか！

俺も意を決して、顔を徐々《じょじょ》に近づけていく。

「フハハハハハ！　残念、我輩《わがはい》でした！」

……………目の前でリーンの顔がバニルの旦那《だんな》になった。

「なんと良質で大量の悪感情か！　以前約束した借金は、これでチャラにするとしよう」

人って驚きすぎると声も出ないんだな……。

借金って、アクセルの街の防衛を手伝う代わりに払うって言った、あれか。

「ルナから一千万エリスもらったなら、もういいじゃねえか……」

「それとこれとは話が別である」

バカな契約《けいやく》をした迂闊《うかつ》さに落ち込んでいると、そっと右肩に手を置かれた。そっちを向くと苦笑《くしょう》するリーンがいた。

そういや、リーンは左じゃなくて右に立ってたな。この状況《じょうきょう》でそんなの覚えてられるかっ！

「どうした、チンピラ冒険者《ぼうけんしゃ》よ。そんなに小刻みに震《ふる》えて。熱でもあるのではないか？」

「いやもう、怒る気力すらねえよ……」

バニルの旦那は上機嫌《じょうきげん》で去って行き、俺達は仲間達と一緒《いっしょ》にギルドへと戻《もど》る。

フェイトフォーは眠気《ねむけ》が限界に達したようで、俺の背中で熟睡《じゅくすい》してしまった。

ずれ落ちそうになったから、足を止めて背負い直すと隣に仲間達が並んだ。

「今から飲みなおしすんぞ！　奢《おご》ってやるから、そんなに落ち込むなって」

キースの口から奢るなんて言葉が出るとは、珍《めずら》しい事もあるもんだ。

「今回のアクセル防衛戦で一番の功労者は間違いなくダスト、お前だ。他《ほか》のヤツらはそれを知らなくとも、俺達は知っている。それでいいんじゃないか」

テイラーまでなんだよ、気持ち悪いな。いつもは小言しか言わねえくせに。

「作戦が狡《ずる》かったり卑怯《ひきょう》だったりはしましたけど、ダストさんは頑張《がんば》りましたよ！　すっごいです！」

ロリサキュバスは何度も頷《うなず》き俺を持ち上げる。

「お前ら三人ともどうしたんだ。なんか、変なもんでも食ったのか？」

「あんたね……。他の人に認めてもらえないから、せめてあたし達だけでもって、気をつかってあげてるんでしょ。今回だけは立派だったわよ」

リーンは俺の胸に軽く拳《こぶし》を当てて、満面の笑みを向けた。

……そうか、心配してくれていたのか。

最年少ドラゴンナイトという地位を自ら捨て、国を追われ冒険者となった……俺の身を案じてくれる人がここにいる。

本能の赴《おもむ》くままにバカやって、好き勝手に生きているというのに、仲間は俺を見捨てない。それどころか、今もこうやって一緒に歩んでくれている。

一度は表舞台《おもてぶたい》から身を引いた愚《おろ》か者だが、仲間達の前だけでは脚光《きやつこう》を浴びるような活《かつ》躍《やく》をしても……許されるよな。

「なにしてんのよ、早く行くわよ！」

立ち止まっていた俺の手をリーンが摑《つか》み引っ張っていく。

過去を後悔《こうかい》して立ち止まるには、まだ早すぎる。

俺は俺らしく、この街で生きていこう。この愛すべき仲間達と共に。

あとがき

最終巻に到達《とうたつ》しました！

あとがきもこれで最後になりますので、明かせなかったあれやこれやを暴露《ばくろ》しようかと思ったのですが、まずは最終巻の内容に少し触《ふ》れておきます。

『この素晴《すば》らしい世界に祝福を！』十七巻でカズマ一行が魔王《まおう》城で戦っている最中、アクセルの街は魔王軍に襲撃《しゅうげき》されていた。本来なら勝ち目のない敵にアクセルの冒険者《ぼうけんしゃ》達はどうやって立ち向かうのか。ダストはどのような活躍《かつやく》をするのか！　といった内容です。

「『このすば』のスピンオフ書きませんか？」という担当編集さんの提案に飛びつき、想像を軽く超《こ》えてくるプレッシャーの中、始まったこのシリーズ。最後まで書き上げた自分を今回ばかりは褒《ほ》めたいです。

あとがきで以前も触れましたが、私は『この素晴らしい世界に祝福を！』のファンだったのですよ。ｗｅｂ版は全部読んでいましたし、小説も全巻購入《こうにゅう》していました。そんな一ファンだからこそ、スピンオフには苦労しました。

自分のオリジナルキャラをいっぱい出して、このすばの舞台《ぶたい》だけをお借りして好き勝手に書く、という手法もありだとは思ったのですがファンとして考えてみたのですよ。

それは違《ちが》うな、と。「知らない作者の知らないキャラより、既存《きそん》のキャラの活躍やあの物語の裏側が知りたい」と思ったのです。

なので、メインキャラとしての完全オリジナルは五巻に出てきたフェイトフォーのみです。この子だけは自分で一から考えて提案させてもらいました。

五巻の感想を見る限りでは読者の皆様《みなさま》に受け入れられたようで、ほっとしています。


今になって全巻を振《ふ》り返ると感慨深《かんがいぶか》いですね。

一巻は何度も何度も書き直したにもかかわらず、出版前は不安しかありませんでした。読者の反応が怖《こわ》くて、エゴサーチもできずに胃を痛める日々を過ごしていました。

二巻は少しだけプレッシャーも軽減したので、アルカンレティアに手を出してしまいました。ええ、あのアクシズ教の総本山です。スピンオフをやるなら絶対に書きたい場所だったのですが……一巻から手を出す勇気はなかったです、はい。

三巻は『このすば』の人気キャラの一人アイリスを出すことに決まり、外伝を含《ふく》めてアイリスの会話シーンを何度読み直したことか。ここでアイリスらしさを演出できないと、とんでもないことになる！　と気合を入れてのぞみました。

四巻はロリサキュバスがメインの話でした。実はダストとロリサキュバスの会話ってとっても書きやすいんですよ。

当初、ロリサキュバスはちょい役の予定だったのですが、ダストと絡《から》ませると面白《おもしろ》くて書いていて楽しかったので、いつの間にか欠かせないメインキャラになりました。あと、ゼスタが書けて満足です！

五巻……フェイトフォーの登場です。その事に関しては既《すで》に触れていますので割愛《かつあい》しますね。

六巻、リオノール姫《ひめ》の出番です。彼女《かのじょ》も苦労したキャラでした。現在のダストすら翻弄《ほんろう》されるぐらいのキャラ個性がないとダメでしたから。それと実は……リオノール姫とのハッピーエンドバージョンもあったりします。没《ぼつ》にして書き直しましたが。

そして、この七巻！

まずは読んでみてください。全力を出し切りましたので！

では最後になりますが、皆様への謝辞を。

暁《あかつき》先生、ほんとうううううにありがとうございました！　ここまで好き勝手に書かせていただいて感謝の言葉しかありません。暁先生への感謝の気持ちをすべて言葉にすると、後書きが全部埋《う》まってしまいますので、ここまでにしておきます。それと、十七巻が最高に面白かったです！

三嶋《みしま》くろね先生。この後書きを書いている時点では最新巻のイラストをまだ見させてもらっていないのですが、ものすごーくして楽しみにしています！　あのシーンとかあるのかなー。

憂姫《ゆうき》はぐれ先生。最終巻まで共に歩んでいただき、ありがとうございます！　改めて全巻のイラストを見直したのですが、どのキャラも魅力的《みりよくてき》に描《えが》かれていて、懐《なつ》かしさとうれしさのあまり、こみ上げてくるものが……。

担当のM氏。『このすば』のスピンオフを最後まで書き上げましたよ！

スニーカー文庫の皆様。営業の皆様。デザインの皆様。校閲《こうえつ》の皆様。他にもこの作品に携《たずさ》わってくださった多くの方々。本当にありがとうございました！

そして、最後まで付き合ってくださった読者へ最大級の感謝を！

昼熊《ひるくま》

またいつか
ダストと仲間達に
会えたらいいなと思います！
ありがとうございました！

憂姫はぐれ

愚か者最終巻、発売おめでとうございますと
同時に、ご執筆お疲れ様でした！
とはいえ、きっと彼らはこれからもアクセルの
街でワチャワチャやっていく事でしょう。
ダスト達の冒険を書いてくれた昼熊先生に、
深く感謝を！

暁 なつめ

愚か者7巻発売&完結おめでとうございます！
昼熊先生、憂姫はぐれ先生本当にお疲れ様でした！
毎巻はぐれ先生のカバーと口絵と挿絵を
拝むように見ておりました、ありがとうございました！

三嶋くろね

この素晴《すば》らしい世界《せかい》に祝福《しゅくふく》を！エクストラ
あの愚《おろ》か者《もの》にも脚光《きゃっこう》を！7
竜《りゅう》に愛《あい》されし愚者《ぐしゃ》

原作　暁《あかつき》 なつめ

著　昼熊《ひるくま》

角川スニーカー文庫　22146

2020年5月1日　初版発行

発行者　三坂泰二

発　行　株式会社KADOKAWA
〒102-8177 東京都千代田区富士見2-13-3
電話　0570-002-301（ナビダイヤル）

印刷所　株式会社暁印刷
製本所　株式会社ビルディング・ブックセンター

Printed in Japan　ISBN 978-4-04-108252-2　C0193

★ご意見、ご感想をお送りください★
〒102-8177 東京都千代田区富士見2-13-3
株式会社KADOKAWA　角川スニーカー文庫編集部気付
「昼熊」先生／「憂姫はぐれ」先生
「暁 なつめ」先生／「三嶋くろね」先生

角川文庫発刊に際して

角川源義

第二次世界大戦の敗北は、軍事力の敗北であった以上に、私たちの若い文化力の敗退であった。私たちの文化が戦争に対して如何に無力であり、単なるあだ花に過ぎなかったかを、私たちは身を以て体験し痛感した。西洋近代文化の摂取にとって、明治以後八十年の歳月は決して短かすぎたとは言えない。にもかかわらず、近代文化の伝統を確立し、自由な批判と柔軟な良識に富む文化層として自らを形成することに私たちは失敗して来た。そしてこれは、各層への文化の普及滲透を任務とする出版人の責任でもあった。

一九四五年以来、私たちは再び振出しに戻り、第一歩から踏み出すことを余儀なくされた。これは大きな不幸ではあるが、反面、これまでの混沌・未熟・歪曲の中にあった我が国の文化に秩序と確たる基礎を齎らすためには絶好の機会でもある。角川書店は、このような祖国の文化的危機にあたり、微力をも顧みず再建の礎石たるべき抱負と決意とをもって出発したが、ここに創立以来の念願を果すべく角川文庫を発刊する。これまで刊行されたあらゆる全集叢書文庫類の長所と短所とを検討し、古今東西の不朽の典籍を、良心的編集のもとに、廉価に、そして書架にふさわしい美本として、多くのひとびとに提供しようとする。しかし私たちは徒らに百科全書的な知識のジレッタントを作ることを目的とせず、あくまで祖国の文化に秩序と再建への道を示し、この文庫を角川書店の栄ある事業として、今後永久に継続発展せしめ、学芸と教養との殿堂として大成せんことを期したい。多くの読書子の愛情ある忠言と支持とによって、この希望と抱負とを完遂せしめられんことを願う。

一九四九年五月三日